U0094010

哈福

哈福

到德國旅遊，看這本就夠了

世界最簡單 自助旅行德語

一生必遊的德國旅遊和購物景點，簡單德語就行了！
迅速教會你敢講・敢寫，一個人到德國旅遊也不怕！

附QR碼線上音檔
行動學習·即刷即聽

魏立言
Glen Muller◎合著

哈福

前言

7天前，赴德旅遊先修教材

有人說，歐洲極不真實
因為她就是一個童話
有人說，歐洲是一張明信片
移步一景，讓人恍在畫中
更有人說，歐洲是上帝最為眷顧的地方
因為那裡積澱了太多太多的文明

喜歡文學作品的你，應該看過歌德、海涅的作品囉！喜歡聽音樂的你，一定聽過貝多芬、舒曼、巴赫等音樂大師的不朽巨作了！而在哲學上，康德的系列《批判》、黑格爾的大小《邏輯》，都是為人們所熟知的。德國實在是一個令人談不完的國家，它的每一個話題都會吸引著那麼多人的參與。

德國除了聖哲如雲、思潮繁榮之外，它美麗富饒，風光秀麗，有著無與倫比的旅遊勝地。他有一條充滿無限柔情的河流一萊茵河，河的兩岸山崗青翠蔥鬱，一座座古色古香的巍峨城堡點綴其中；而羅馬堡廣場中還留著古街道面貌，絕對值得一遊；至於，首都柏林的建築多采多姿，置身於其間，叫人感受到一種古典與現代、浪漫與嚴謹的奇特氛圍呢。還有各式各樣的神秘古堡及其美麗的傳說，將使每一位到過的遊客永生無法忘懷。

去到德國，當然就要多認識當地人囉！中國人常說：「擇日不如撞日」。但，德國人可是不做心血來潮的衝動事喔！他們做事有計畫，就連居家生活，德國人也嚴格按事先的計畫辦，哪天哪餐吃什麼菜，吃多少飯都有規定的呢！準確的真像個軍用地圖。瞭解了這一點，跟德國人交友就可以有點心理準備了吧！

德國資源雖然不豐富，但德國人勤奮、刻苦耐勞，最具科技才能。而自覺為民族的富強而努力，使德國成為世界上最富有、經濟最發達的國家之一；德國以聖哲如雲、思潮繁榮而著稱於世，就連世界盃足球賽上德國最引人注目的紅、黑、黃三色球衣，都讓千萬球迷瘋狂！

好了！最後我要説的是，到國外旅遊，不只是休閒活動，更是認識異文化最直接的方式。當你身臨異國，你便開始享受異國風情，同時也感受異文化的衝擊，這可説是感動與知性兼具呢！

來吧！在欣賞德國旖旎風光的同時，也讓我們共同完成一次愉快的心靈之旅吧！

隨書附上免費線上MP3，內容是德籍老師標準音錄製而成。中文唸一遍；德文唸二遍，一遍正常速度，一遍較慢速度，您可以清晰地聽清楚，每個德文正確的發音，學會德國人天天説的德語；讓您彷如置身德國，快速提升聽力和會話力。親愛的讀者，學習德國如果能夠，如：泡腦、泡澡般，隨時隨地聽，那麼您的德語就能進步神速。

CONTENTS

第一篇　旅遊會話篇

第二篇　生活會話篇

第三篇　單字篇

◆數字跟時間

日常生活篇

本書使用方法

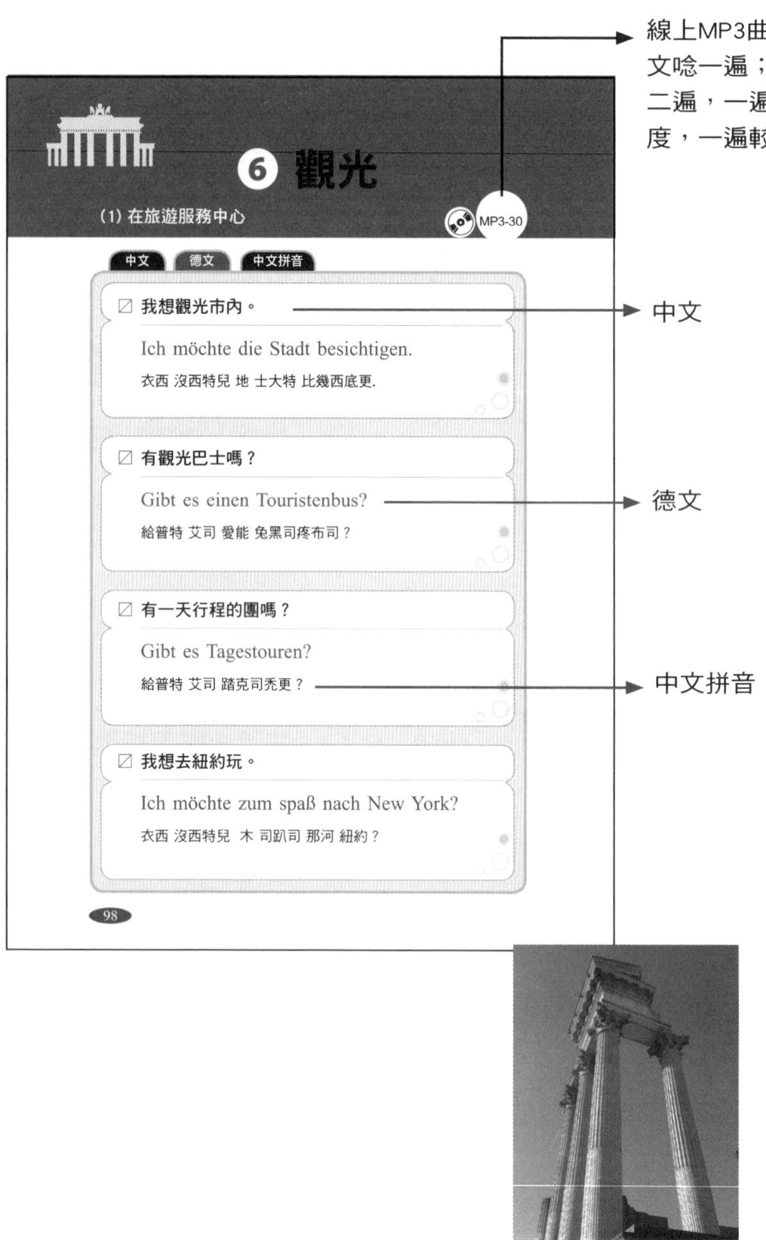
6 觀光
(1) 在旅遊服務中心
MP3-30
中文
德文
中文拼音
我想觀光市內。
Ich möchte die Stadt besichtigen.
衣西 沒西特兒 地 士大特 比幾西底更.
有觀光巴士嗎？
Gibt es einen Touristenbus?
給普特 艾司 愛能 兔黑司疼布司？
有一天行程的團嗎？
Gibt es Tagestouren?
給普特 艾司 踏克司禿更？
我想去紐約玩。
Ich möchte zum spaß nach New York?
衣西 沒西特兒 木 司趴司 那河 紐約？
98
線上MP3曲目：中文唸一遍；德文唸二遍，一遍正常速度，一遍較慢速度
中文
德文
中文拼音

第一篇

旅遊會話篇

1 在飛機內

(1) 找座位及進餐

中文　德文　中文拼音

☑ **我的座位在哪裡？**

Wo ist mein Platz?

窩 衣司特 麥恩 普拉此？

☑ **我可以換座位嗎？**

Darf ich meinen Platz tauschen?

達夫 衣西 麥任 普拉此 逃生？

☑ **我可以換到窗邊座位嗎？**

Darf ich am Bullauge sitzen?

達夫 衣西 昂 不了凹格 西森？

☑ **我可以把椅子放下嗎？**

Darf ich meinen Sitz herunterlassen?

達夫 衣西 麥任內幾此 孩文達 拉森？

中文 德文 中文拼音

☑ **請給我雞肉。**

Hühnerfleisch, bitte.

非那夫來許, 比特兒.

☑ **請給我一杯咖啡。**

Einen Kaffee, bitte.

愛冷 咖啡, 比特兒.

☑ **請給我一杯水。**

Wasser, bitte.

娃沙, 比特兒.

☑ **請給我一杯紅葡萄酒。**

Rotwein, bitte.

窩特外因, 比特兒.

中文 德文 中文拼音

☑ **我要威士忌加水。**

Whisky mit Wasser, bitte.

威士忌 米特 娃沙, 比特兒.

☑ **請再給我一瓶啤酒。**

Noch ein Bier, bitte.

若合 愛因 比阿, 比特兒.

☑ **請再給我一些紅茶。**

Noch einen Tee, bitte.

若合 愛人 踢, 比特兒.

☑ **我不要冰塊。**

Keinen Eiswürfel, danke.

凱冷 愛司我服, 當克.

中文 德文 中文拼音

☐ **我吃素。**

Ich bin Vegetarier.

衣西 冰 非幾他利阿.

◀ 科隆大教堂。全德國最完美、最宏偉的歌德式大教堂，就是科隆大教堂。它以輕盈、雅致著稱。

(2) 跟鄰座的乘客聊天

中文 德文 中文拼音

☑ **可以抽煙嗎？**

Darf ich rauchen?

達夫 衣西 好狠？

☑ **您從哪裡來的？**

Woher kommen Sie?

窩西牙 叩門 己？

☑ **您到哪兒去？**

Wohin fliegen Sie?

窩恨 非利跟 己？

☑ **你會說英語嗎？**

Sprechen Sie Englisch?

洗普黑 己 印格利西？

中文 德文 中文拼音

☐ 會一點。

Ein Bisschen.

愛因 比司很.

☐ 請說慢一點。

Langsam, bitte.

藍哥山, 比特兒.

☐ 請再說一遍。

Sagen Sie bitte noch ein Mal.

沙更 己 比特兒 若合 愛因 麻了.

☐ 請借過一下。

Verzeihung, darf ich durch?

非拆翁哥, 達夫 衣西 都兒西？

(3) 跟空姐聊天

中文 德文 中文拼音

☑ **什麼時候到？**

Wann kommen wir an?

彎 叩門 威阿 安？

☑ **現在當地幾點？**

Wie spät ist es dort?

威 司貝特 衣司 艾司 豆特？

☑ **有什麼電影呢？**

Welche Filme habt ihr?

威耳西兒 非麼 哈伯特 底喝？

☑ **在哪個頻道？**

Welches Programm?

威耳西兒司 波嘎母？

中文 德文 中文拼音

☐ **耳機有問題。**

Mein Kopfhörer funktioniert nicht.

麥冷 空非合 風此你而特 泥西特.

☐ **我不舒服**

Ich fühle mich nicht wohl.

衣西 飛了 密西 泥西特 窩兒.

☐ **我要毛毯。**

Eine Decke, bitte.

愛呢 迪克, 比特兒.

☐ **有中文報紙嗎？**

Gibt es chinesische Zeitungen?

給普特 艾司 西你這蛇 賽洞恩？

中文 德文 中文拼音

☑ **有中文雜誌嗎？**

Gibt es chinesische Zeitschriften?

給普特 艾司 西你這蛇 賽折餓分？

☑ **可以給我免稅品價目表。**

Die Duty-free Liste, bitte.

地 丟替-夫力 里司特, 比特兒.

☑ **多少錢？**

Wieviel kostet es?

威非耳 扣司特 艾司？

☑ **我要這個。**

Diese, bitte.

低這, 比特兒.

☐ **可以刷卡嗎？**

Kann ich mit Kreditkarte bezahlen?

看 衣西 米特 克銳底 卡特兒 比叉冷？

▲ 勃蘭登堡門。設計此門是為了給皇家成員通行的。這座門由6根大型石柱支撐，門樓頂上聳立著勝利女神，她驅趕著一輛四馬的兩輪戰車。都是青銅鑄造的。它是柏林的象徵，也是德國的象徵。

2 在機場

(1) 入境手續

中文 德文 中文拼音

☑ **這是我的護照。**

Hier ist mein Reisepass.

西耳 衣司特 麥冷嗨艾熱怕特.

☑ **我來觀光的。**

Für Tourismus.

非而 土喝市末市.

☑ **我來學日語。**

Japanisch lernen.

牙胖了士 娘任.

☑ **我來工作的。**

Geschäftsreise.

古雪夫此孩這.

中文 德文 中文拼音

☐ **我來看朋友。**

Freunde sehen..

佛印得特 賊很..

☐ **我是觀光客。**

Ich gehe auf Besichtigungstour.

衣西 給喝 奧福 比己西共司土兒.

☐ **我是學生。**

Ich bin Student(in).

衣西 冰 書肚登特（因）.

☐ **我是工程師。**

Ich bin Ingenieur.

衣西 冰 印幾泥阿.

中文 德文 中文拼音

☑ 我預定停留5天。

Ich bleibe fünf Tage.

衣西 不來伯 分夫 踏克.

☑ 我預定停留2個月。

Zwei Monate.

慈外 磨那特.

☑ 我預定住Inn飯店。

Ich bin im Hotel Inn.

衣西 冰 因母 后特耳 因.

☑ 我跟旅行團來的。

Mit einer Reisegruppe.

米特 愛那 害熱勾波.

中文 德文 中文拼音

☑ **我一個人來的。**

Allein.

阿來印.

▲ 喝啤酒的德國人。說到啤酒，就不禁叫人想到德國的慕尼黑。慕尼黑在每年9月的第二週或第三週，一直到10月的第二週有個著名的啤酒節。這個節日德國人要喝掉100萬公升的啤酒呢！我的天啊！

(2) 領取行李

中文 德文 中文拼音

☐ 哪個行李輸送台？

Auf welchem Gepäckband?

奧福 威耳西母 古配哥班？

☐ 我找不到我的行李。

Ich finde meinen Koffer nicht.

衣西 分呢 麥內 口法 泥西特.

☐ 我的手提包是黑的。

Meine Tasche ist schwarz.

麥內 踏雪 衣司特 書娃了此.

☐ 這不是我的。

Das ist nicht meine.

答司 衣司特 泥西特 麥呢.

☑ **這是我的。**

Das ist meine.

答司 衣司特 麥呢.

☑ **這是行李領取證。**

Hier ist mein Gepäckschein .

西耳 衣司特 麥冷 格配克甩因 .

▲ 街邊雕塑。

(3) 通關

中文 德文 中文拼音

☑ **你有東西要申報嗎？**

Etwas zu verzollen?

艾特娃司 出 非阿錯玲？

☑ **沒有。**

Nichts.

泥西比.

☑ **有。**

Ja.

呀.

☑ **這是什麼？**

Was ist das?

娃司 衣司特 答司？

中文 德文 中文拼音

☑ **我帶了5瓶酒。**

Fünf Alkoholflaschen.

分夫 艾個喝夫拉順.

☑ **有一條香菸。**

Ein Zigarettenkarton.

愛因 西個拉恨卡同.

☑ **我自己要用的。**

Für mich.

非而 咪西.

☑ **給朋友的禮物。**

Zum Verschenken.

粗木 非兒生肯.

中文 德文 中文拼音

☐ **我的隨身衣物。**

Meine persönlichen Gegenstände.

麥內 普孫呢衣西 給更司等得.

▲ 品嚐正宗德國西餐「德國臘腸」。德國人的飲食習慣是只要熱量和維生素夠就行了。話是這麼說，但是，德國人可是挺講究餐具的呢！特別是喝啤酒時，還得根據不同場合、不同時間，來配不同的杯子呢！

(4) 轉機

MP3-8

中文 德文 中文拼音

☑ **轉機櫃臺在哪裡？**

Wo ist der Informationschalter für die Anschlussflüge?

窩 衣司特 地耳 因佛麻球恩沙艾答 非而 地 安吹了司書利嘎？

☑ **我要轉機。**

Ich bin im Transit.

衣西 冰 因母 特然機特.

☑ **20號登機門在哪裡？**

Wo ist der Flugsteig Nummer zwanzig?

窩 衣司特 地耳 夫魯司代 奴麻此穿幾？

☑ **我要轉機到紐約。**

Ich bin im Transit nach New York.

衣西 冰 因母 團幾特 那河 紐約.

中文　德文　中文拼音

☐ **登機門是幾號？**

Welcher Flugsteig?

威而西兒 夫魯司代克？

☐ **幾點出發？**

Um wieviel Uhr ist der Abflug?

巫母 威非耳 烏阿 衣司特 地耳 阿不夫路哥？

▲ 柏林牆。現在還可以在勃蘭登堡門一帶，和查理關卡看到柏林牆的遺址。

(5) 在機場服務台

中文　德文　中文拼音

☑ **服務台在哪裡？**

Wo ist der Empfang?

窩 衣司特 地耳 恩普放哥？

☑ **幫我預定飯店。**

Bitte reservieren Sie mir ein Zimmer.

比特兒 合舌威很 己 米阿 愛因 己耳.

☑ **〇〇〇飯店怎麼去？**

Wie fahre ich zum Hotel ○○○?

威 法喝 衣西 木 后特耳 〇〇〇？

☑ **巴士站牌在哪裡？**

Wo ist die Bushaltestelle?

窩 衣司特 地 布司害地序地拉？

中文 德文 中文拼音

☑ 下一班巴士幾點來？

Wann kommt der nächste Bus?

彎 空特 地耳 內司特耳 布司？

☑ 電車站在哪裡？

Wo ist der Bahnhof?

窩 衣司特 地耳 班或福？

☑ 這輛電車開往漢堡嗎？

Fährt der Zug nach Hamburg?

非阿特 地耳 促克 那河 漢堡？

☑ 要在哪裡轉車呢？

Wo soll ich umsteigen?

窩 左了 衣西 翁母司代根？

中文 德文 中文拼音

☑ **計程車招呼站在哪裡？**

Wo ist der Taxistand?

窩 衣司特 地耳 踏克西司但特？

☑ **計程車費要多少錢？**

Was kostet die Taxifahrt?

娃司 扣司特特 地 踏克西發特？

☑ **請給我市內地圖。**

Geben Sie mir bitte einen Stadtplan.

給本 己 米阿 比特兒 愛人 士大特普拉安.

☑ **請給我觀光資料。**

Geben Sie mir bitte Ortsinformation.

給本 己 米阿 比特兒 歐此印佛馬此妞任.

(6) 兌換錢幣

中文 德文 中文拼音

☑ 兌換所在哪裡？

Wo gibt es eine Wechselstube?

窩 給普特司愛那 未克司都伯？

☑ 我要換錢。

Ich möchte wechseln.

衣西 沒西特兒 未克森.

☑ 我要換美金。

Bitte wechseln Sie in USD.

比特兒 未克森 己 因 巫艾司多拉.

☑ 請加些零錢。

Ein Bisschen Kleingeld, bitte.

愛因 比司印 克來恩給得, 比特兒.

中文 德文 中文拼音

☑ **手續費多少？**

Wie hoch ist die Kommission?

威 或喝 衣司特 地 空密司翁？

☑ **今天的兌換率是多少？**

Wie ist der heutige Wechselkurs?

威 衣司特 地耳 害低哥 未克司扣司？

▲ 德國中部最有名的城市海德堡。來到這裡總讓人覺得《白雪公主》、《小紅帽》裡的主人翁就在身旁般地，美麗的傳說及神秘的古堡，讓每個到這裡的遊客流連忘返。

❸ 在飯店

(1) 預約

中文 德文 中文拼音

☐ 今晚有空房嗎？

Gibt es noch freie Zimmer?

給普 艾司挪合 服害 誰嗎？

☐ 我想預定單人客房。

Einzelzimmer, bitte.

艾恩遮 誰麻, 比特兒.

☐ 我想預定雙人房。

Doppelzimmer, bitte.

豆普誰嗎, 比特兒.

☐ 我想預定三個晚上。

Drei Nächte, bitte.

得害 內西特, 比特兒.

中文 德文 中文拼音

☑ **我想預定2間雙人房。**

Zwei Doppelzimmer, bitte.

慈外 豆普誰嗎, 比特兒.

☑ **一個晚上多少錢？**

Wieviel kostet eine Nacht?

威非耳 扣司特特 愛人 那河特？

☑ **有一晚100美金以下的房間嗎？**

Unter ein hundert Euro, bitte.

問特 愛人 混那都 艾司都拉, 比特兒？

☑ **有更便宜的房間嗎？**

Gibt es noch billigere Zimmer?

給普特 艾司挪合 比力戈合 誰嗎？

中文 德文 中文拼音

☐ 有更好的房間嗎？

Haben Sie noch bessere Zimmer?

哈本 己 諾合 背色喝 誰嗎？

☐ 有含稅金嗎？

Mit Tax?

米特 貼克司？

☐ 房間有附浴室嗎？

Mit Dusche?

米特 都舌？

☐ 有附早餐嗎？

Mit Frühstück?

米特 夫魯司都克？

中文 德文 中文拼音

☐ **我要這間。**

Ich nehme dieses Zimmer.

衣西 泥麼 低遮司 誰麻.

☐ **幾點退房？**

Wann soll ich auschecken?

彎 走力 衣西 歐司卻肯？

▲ 德國的城堡。德國人的傳統道德，可從其城堡來一窺究竟，那就是：堅強、勇敢、忠實。話說，德國人為什麼築城堡呢？答案是：防禦敵人的侵犯。

(2) 住宿登記

中文 德文 中文拼音

☐ **我要登記住宿。**

Für die Registrierung, bitte.

非而 地 瑞給司推衣弓, 比特兒.

☐ **房間我已經訂好了。**

Ich habe Zimmer reserviert.

衣西 哈伯兒 誰嗎黑這 威阿特.

☐ **我沒有預訂房。**

Keine Reservierung.

凱內 銳遮為紅.

☐ **我確實訂了。**

Ich habe sicher reserviert.

衣西 哈伯兒 賊西耳 威阿特.

中文 德文 中文拼音

☐ **我的名字叫王明。**

Ich heiße Wang Ming.

衣西 孩舌 王明.

☐ **我訂了一間雙人房。**

Ich habe ein Doppelzimmer reserviert.

衣西 哈伯兒 愛因 豆伯 誰嗎黑這 威阿特.

☐ **可以讓我看房間嗎？**

Darf ich sehen?

達夫 衣西 賊很？

☐ **可以現在訂嗎？**

Können wir uns jetzt registrieren?

昆冷 威阿 翁司 爺慈 瑞哥司推很？

中文 德文 中文拼音

☑ 我要這間。

Ich will dieses Zimmer.

衣西 威耳 低遮司 誰媽.

☑ 這是我的護照。

Hier ist mein Reisepass.

西耳 衣司特 麥冷 得孩嗨熱爬司.

☑ 我刷卡。

Hier ist meine Kreditkarte.

西耳 衣司特 麥內 愧低特卡特兒.

☑ 在這裡簽名嗎？

Hier unterschreiben?

西耳 翁得塞本？

中文 德文 中文拼音

☐ **幫我搬一下行李。**

Gepäckträger, bitte.

給配哥貼哥, 比特兒.

☐ **我想變更訂房。**

Bitte ändern Sie meine Reservierung ab.

比特兒 安得昂 己 麥內 瑞折威紅 阿普.

☐ **我想延長一天。**

Ich möchte noch eine Nacht verlängen.

衣西 沒西特兒 挪合 愛那 那河特 非阿玲乾.

☐ **我想延長兩小時。**

Darf ich noch zwei Stunden bleiben?

達夫 衣西 挪合 慈外 司敦等 不來本？

中文 德文 中文拼音

☐ **幫我換房間。**

Ich möchte das Zimmer tauschen.

衣西 沒西特兒 答司誰嗎 逃省.

☐ **我要追加一個床。**

Noch ein Extrabett,bitte.

挪合 愛因 艾司刷, 比特兒.

▲ 街角一景。德意志民族統稱日耳曼人。大約在公元1000年前形成，占全國總人口的90%以上。除此之外，還有少數的荷蘭人、丹麥人、猶太人和吉普賽人。

中文 德文 中文拼音

☐ **這裡是1116號房。**

Hier ist das Zimmer Nummer eins-eins-eins-sechs.

西耳 衣司特 答司誰嗎 努媽 愛因司-愛因司-愛因司-災克司.

☐ **我要客房服務。**

Zimmer Bedienung, bitte.

誰嗎 北低弄, 比特兒.

☐ **我要二杯咖啡。**

Zwei Kaffee, bitte.

慈外 咖啡, 比特兒.

☐ **給我二個三明治。**

Zwei Sandwich, bitte.

慈外 先得為取, 比特兒.

中文 德文 中文拼音

☐ 有沒有我的口信？

Habe ich Nachrichten?

哈伯兒 衣西 那河西疼？

☐ 有沒有我的信？

Habe ich Briefe?

哈伯兒 衣西 不力佛？

☐ 幫我寄這封信。

Bitte geben Sie das auf.

比特兒 給本 己 答司 奧福.

☐ 我想寄放貴重物。

Legen Sie das bitte in den Tresor.

淚更 己 答司 比特兒 因 定 特黑走娃.

中文 德文 中文拼音

☐ 明天麻煩叫我起床。

Morgen früh wecken Sie mich bitte auf.

毛跟 夫如 為跟 己 咪西 比特兒 奧福.

☐ 早上七點。

Um Sie ben.

巫母 幾 本.

☐ 借我熨斗。

Ein Bügeleisen, bitte.

愛因 不格艾怎, 比特兒.

☐ 借我吹風機。

Einen Fön, bitte.

愛任 分, 比特兒.

中文 德文 中文拼音

☐ **請給我毛巾。**

Ein Handtuch, bitte.

愛因 和禿虎, 比特兒.

☐ **幫我整理床。**

Bitte machen Sie das Bett.

比特兒 麻恨 己 答司 貝特.

☐ **我要送洗衣服。**

Meine Wäsche in die Wäscherei, bitte.

麥內 為舌 因 地 為舌海嗨, 比特兒.

☐ **什麼時候可以好？**

Wann wird es fertig sein?

彎 威阿 艾司 非而地客 賽恩？

中文 德文 中文拼音

☑ **可以洗快一點嗎？**

Geht es auch schneller, bitte?

給特 艾司 奧河 書內拉, 比特兒？

☑ **我想影印。**

Eine Kopie, bitte.

愛人 口匹, 比特兒.

☑ **我想傳真。**

Ein Fax, bitte.

愛因 發克司, 比特兒.

☑ **可以傳電子郵件嗎？**

Darf ich eine E-mail schicken?

達夫 衣西 愛人 伊妹兒 誰肯？

中文 德文 中文拼音

☐ **可以上網嗎？**

Darf ich Internet benutzen?

達夫 衣西 印特內特 不怒怎？

☐ **這（小費）給你。**

Für Sie.

非而 己.

◀ 拱門下的德國人。德國人不自掃門前雪，他們愛管閒事，做事認真，追求完美。而且，習慣對每件事情做邏輯分析，常把事情複雜化。

☑ **鑰匙放在房裡沒拿出來。**

Mein Schlüssel ist in meinem Zimmer.

麥冷 書了舍 衣司特 因 麥任 誰麻.

☑ **我的房間電燈不亮。**

Ich habe kein Licht.

衣西 哈伯兒 開恩 力西特.

☑ **我的房間沒有杯子。**

Ich habe kein Glas.

衣西 哈伯兒 開恩 格拉司.

☑ **送洗的衣服還沒送到。**

Meine Wäsche habe ich noch nicht erhalten.

麥內 飛舌 哈伯兒 衣西 挪合 泥西特 阿孩耳疼.

中文 德文 中文拼音

☑ 我叫的咖啡還沒來。

Wo bleibt mein Kaffee?

窩 伯來特 麥冷 咖啡？

☑ 沒有熱水。

Ich habe kein warmes Wasser.

衣西 哈伯兒 凱恩 娃哈麼司 娃沙.

☑ 我房間好冷。

Mein Zimmer ist zu kalt.

麥冷 誰嗎 衣司特 出 卡耳特.

☑ 冷氣有問題。

Die Klimaanlage ist kaputt.

地 幾力馬安拉哥 衣司特 卡撲特.

中文 德文 中文拼音

☑ **隔壁的房間太吵了。**

Das Nebenzimmer ist zu laut.

答司 內伯誰嗎 衣司特 出 老特.

☑ **我的廁所燈不亮。**

Das Toilettenlicht ist kaputt.

答司 脫衣淚特力衣特 衣司特 卡普特.

☑ **請把它修好。**

Reparieren Sie das,bitte.

蕊普黑很西 己 答司,比特兒.

(5) 退房

中文 德文 中文拼音

☐ **我是308號房的王明。**

Ich bin Wang Ming, Zimmer drei hundert acht.

衣西 冰 王明 誰嗎 得艾 混那特 阿賀特.

☐ **我想退房。**

Ich möchte auschecken.

衣西 沒西特兒 歐司吹肯.

☐ **這是什麼費用？**

Was ist das?

娃司 衣司特 答司？

☐ **我沒有打電話。**

Ich habe nicht angerufen.

衣西 哈伯兒 泥西特 安哥五分.

☐ 我沒有喝這個飲料。

Ich habe das nicht getrunken.

衣西 哈伯兒 答司 泥西特 古同更.

☐ 麻煩幫我搬行李。

Gepäckträger, bitte.

幾配可推軋, 比特兒.

☐ 有兩個行李箱。

Zwei Koffer.

此外 口佛.

☐ 幫我保管行李。

Kann ich meinen Koffer bis zum Abflug hier stehenlassen?

看 衣西 麥任 口佛 比司 木 阿伯夫路哥 西耳 司低很 拉森？

中文 德文 中文拼音

☐ 可以請你給我收據嗎？

Meine Quittung, bitte.

麥內 哭威洞, 比特兒.

☐ 可以幫我叫計程車嗎？

Rufen Sie ein Taxi, bitte.

翁分 己 愛因 他克西, 比特兒.

▲ 德國的集市。在德國，如果你手藝不錯的話，街坊鄰居就會找機會上門到你家用膳喔！當然，他們絕不會白吃的。聰明的德國人會一天到晚問，你家庭院需不需要幫忙整修啦！車子要不要幫忙維修啦！

4 在餐廳

(1) 電話預約

中文 德文 中文拼音

☑ **這附近有好餐廳嗎？**

Gibt es ein gutes Restaurant hier?

給普特 艾司 愛因 古特司 黑司托航 西耳？

☑ **這附近有好酒吧嗎？**

Gibt es eine gute Kneipe hier?

給普特 艾司 愛那 姑特兒 可耐撲 西耳？

☑ **我要預約。**

Ich will reservieren.

衣西 威耳 合舌威很.

☑ **7點2人的座位。**

Zwei Plätze um Sie ben.

慈外 普淚這 翁母 己 本.

中文 德文 中文拼音

☑ 我的名字叫王明。

Ich bin Wang Ming.

衣西 冰 王明.

☑ 貴店必須結領帶嗎？

Muss ich Krawatte tragen?

木司 衣西 克拉娃特哥 特阿跟？

☑ 需要盛裝嗎？

Welche Kleiderordung ist vorgeschrieben?

威耳西兒 克來得耳歐得翁 衣司特 佛哥書銳本？

☑ 我要窗邊座位。

Am Fenster, bitte.

阿母 凡司特兒, 比特兒.

MP3-17

中文 德文 中文拼音

☑ 我預約了七點。

Ich habe für Sie ben Uhr reserviert.

衣西 哈伯兒 非而 幾本 巫阿孩雜 威阿特.

☑ 我們總共三人。

Drei Personen.

得艾 陪阿走能.

☑ 我沒有預約。

Ich habe nicht reserviert.

衣西 哈伯兒 泥西特 孩雜威阿特.

☑ 我要2個人的位子。

Ein Tisch für zwei.

愛能 提西 非而 慈外.

中文 德文 中文拼音

☑ 要等多久？

Wie lange muss ich warten?

威 藍哥 木司 衣西 娃疼？

☑ 我要禁煙座位。

Nichtraucher.

泥西特奧哈.

☑ 我要抽煙座位。

Raucher.

奧哈.

☑ 我要外面的座位。

Auf der Terrasse.

奧福 地耳 貼嘎舍.

中文 德文 中文拼音

☐ **可以跟你同桌嗎？**

Darf ich mich dazusetzen?

達夫 衣西 咪西 答出塞參？

▲ 象徵和平與團結的柏林環。電影名導演維姆· 文德爾這樣形容柏林：「它有自由寬容的傳統，也有自相矛盾之處。它給人民尖刻而幽默，它知道怎樣把歷史與現實完美地相結合。」

(3) 叫菜

中文 德文 中文拼音

☑ **請給我菜單。**

Die Speisekarte, bitte.

地 士拜惹卡特兒, 比特兒.

☑ **有什麼推薦菜？**

Was können Sie mir empfehlen?

娃司 昆冷 己 米阿 恩肥而任？

☑ **這家店有什麼名菜？**

Was für Spezialitäten haben Sie?

娃司 非而 司北此阿力貼疼 哈本 己？

☑ **這是什麼料理？**

Was ist das?

娃司 衣司特 答司？

☐ 我還沒決定。

Ich habe noch nicht gewählt.

衣西 哈伯兒 挪合 泥西特 格為特.

☐ 先給我生啤酒。

Zuerst ein Bier von Fass.

楚也惡阿司特 愛因 比阿 逢 法司.

☐ 我要叫菜了。

Ich möchte bestellen.

衣西 沒西特兒 比士得冷.

☐ 請給我這個。

Das, bitte.

答司, 比特兒.

中文 德文 中文拼音

☑ 給我跟那個一樣的。

Das gleiche, bitte.

答司 格賴西, 比特兒.

☑ 請給我這個跟這個。

Das und das, bitte.

答司 翁特 答司, 比特兒.

☑ 這個一個。

Eins, bitte.

愛因此, 比特兒.

☑ 我要這個套餐。

Ich nehme dieses Gericht.

衣西 內麼 低遮司 格黑西特.

中文 德文 中文拼音

☐ **點心我要冰淇淋。**

Für den Nachtisch ein Eis.

非而 登 那河提西 愛任 愛司.

☐ **飯後給我紅茶。**

Nach dem Essen einen Tee, bitte.

那河 底恩 惡森 愛因 踢, 比特兒.

☐ **紅茶現在上。**

Den Tee jetzt, bitte.

頂 踢 爺此特, 比特兒.

☐ **我們分著吃。**

Wir werden teilen.

威阿 威阿登 台人.

中文 德文 中文拼音

☐ **請多給我兩個盤子。**

Zwei extra Teller, bitte.

此外 艾司踏 貼拉, 比特兒.

☐ **這樣就好了。**

Das geht, danke.

答司 給特, 當克.

▲市內交通。德國的交通，以法蘭克福為例，市內的電車、巴士、地鐵、郊外電車都是由交通局統一營運，所以車票可以互相通用。車資以距離和時間計算。

(4) 叫牛排

MP3-19

中文 德文 中文拼音

☑ 我要這套牛排餐。

Ich möchte das Steakgericht.

衣西 沒西特兒 答司 司跌克 格黑西特.

☑ 牛排要煎到中等程度的。

Rosig, bitte.

我幾西, 比特兒.

☑ 牛排要半熟的。

Blutig, bitte.

不路替哥, 比特兒.

☑ 牛排要煎熟的。

Durchgebraten, bitte.

都阿西格不拉疼, 比特兒.

中文 德文 中文拼音

☐ **幫我加辣一點。**

Schärfer, bitte.

下兒法, 比特兒.

☐ **點心待會兒再點。**

Nachtisch später, danke.

那河提西 司貝塔, 當克.

▲萊茵遊艇。想到德國遊萊茵河，就要選對日期了。通常每年的3月15日到10月15日是最佳的旅遊季節。這時候，河上會有一種可容納數百人的「萊茵遊艇」，座位舒適，還有樂隊演奏。坐上去可一路欣賞風光水色，十分愜意呢！

☑ **再給我葡萄酒。**

Noch mehr Wein, bitte.

諾喝 米阿 外因, 比特兒.

☑ **我要續杯。**

Noch ein Glas mehr, bitte.

諾喝 愛因 格拉司 迷阿, 比特兒.

☑ **再給我一些麵包。**

Noch mehr Brot, bitte.

諾喝 迷阿 伯特, 比特兒.

☑ **給我水。**

Bringen Sie mir Wasser, bitte.

布因恩 己 米阿 娃沙, 比特兒.

中文 德文 中文拼音

☑ 請幫我拿鹽。

Salz, bitte.

雜艾此, 比特兒.

☑ 我要奶精跟糖。

Sahne und Zucker, bitte.

雜呢 翁特 出卡, 比特兒.

☑ 這要怎麼吃？

Wie isst man das?

威 衣司特 慢 答司？

☑ 真好吃。

Lecker.

淚卡.

中文 德文 中文拼音

☐ 再給我一些起司。

Noch mehr Käse, bitte.

挪喝 迷阿 開蛇, 比特兒.

☐ 給我煙灰缸。

Einen Aschenbecher, bitte.

愛任 阿順貝下, 比特兒.

☐ 能給我雙筷子嗎？

Darf ich Stäbchen haben, bitte?

達夫 衣西 司得必很 哈本, 比特兒？

☐ 我不再追加了。

Das reicht, danke.

答司 艾衣西特, 當克.

中文 德文 中文拼音

☐ **幫我收拾一下。**

Abräumen, bitte.

阿伯孩門, 比特兒.

☐ **這個可以包回去嗎？**

Darf ich dieses mitnehmen?

達夫 衣西 低遮司 米特你門？

▲德國大多數的商店每週營業5天半，每天從上午9：30開始營業，直到晚上6：30關門。星期六的營業時間一般為上午9：00至下午2：00。星期六是購物人潮最多的時候。

中文 德文 中文拼音

☑ 這不是我叫的東西。

Ich habe das nicht bestellt.

衣西 哈伯兒 答司 泥西特 伯司得耳特.

☑ 我的沙拉還沒來。

Wo bleibt mein Salat?

窩 不來特 麥冷 雜拉特？

☑ 我沒有刀子。

Ich habe kein Messer.

衣西 哈伯兒 凱 妹啥.

☑ 湯裡有東西。

Es gibt etwas in meiner Suppe.

餓司 給普特 艾特娃司 因 賣拿 入普.

中文 德文 中文拼音

☑ **我的刀子掉了。**

Mein Messer ist heruntergefallen.

麥冷 妹啥 衣司特 西耳吻他革發任.

☑ **這肉沒熟。**

Das Fleisch ist nicht durch.

答司 非來序 衣司特 泥西特 都兒西.

☑ **請快一點。**

Schneller, bitte.

書內拉, 比特兒.

☑ **我要算帳。**

Die Rechnung, bitte.

地 害西農哥, 比特兒.

☑ **全部多少錢？**

Wieviel alles zusammen?

威非耳 阿了司 出雜門？

☑ **請個別算。**

Wir bezahlen getrennt.

威阿 伯叉稜 格特汗特.

☑ **可以刷Visa卡嗎？**

Kann ich mit Visa Karte bezahlen?

看 衣西 米特 非雜 卡特兒 伯叉冷？

中文 德文 中文拼音

☐ 這筆錢是什麼？

Was ist das?

娃司 衣司特 答司？

☐ 請跟住宿費一起算。

Schreiben Sie das auf meine Zimmerrechnung.

書害本 己 答司 奧福 麥內 此嗎害西農.

☐ 不用找了。

Das stimmt so.

答司 西地母特 走.

☐ 謝謝。

Danke.

當克.

☑ **我要這個。**

Das, bitte.

答司, 比特兒.

☑ **我要這兩個。**

Dieses beide, bitte.

低遮　等, 比特兒.

☑ **我要熱狗。**

Einen Hot Dog, bitte.

艾任 哈特 豆哥, 比特兒.

☑ **我要兩個小的可樂。**

Zwei kleine Becher Cola, bitte.

此外 可來呢 北瞎 口拉, 比特兒.

中文 德文 中文拼音

☑ 給我兩客麥克堡餐。

Zwei Hamburger, bitte.

慈外 漢堡嘎, 比特兒.

☑ 請給我蕃茄醬。

Ketchup, bitte.

凱恰普, 比特兒.

☑ 在這裡吃。

Ich esse hier.

衣西 呃色 西耳.

☑ 帶走。

Zum Mitnehmen.

粗木 米特你門.

中文 德文 中文拼音

☑ **這座位沒人坐嗎？**

Is dieser Platz frei?

衣司 低遮阿 普拉此 服害？

☑ **這裡可以坐嗎？**

Darf ich hier sitzen?

達夫 衣西 西耳 己稱？

▲ 鄉間小屋。來到德國，你也可以享受恬靜的田園風韻。像這樣忽而經過一片青翠肥美的草地，其間還有獨立於綠色中的黃色茅草房，可讓你的德國之旅，更增添幾分古老、恬靜的田園風韻呢。

5 逛街購物

(1) 找地方

中文 德文 中文拼音

☑ 百貨公司在哪裡？

Wo gibt es ein Kaufhaus?

窩 給普特 艾司 愛因 靠夫毫司？

☑ 商店街在哪裡？

Wo sind die Läden?

窩 任 地 雷等？

☑ 鞋子販賣部在哪裡？

Wo ist die Schuhabteilung?

窩 衣司特 地 書阿普太龍？

☑ 化妝品販賣部在哪裡？

Wo ist die Kosmetikabteilung?

窩 衣司特 地 口司你地客阿普太龍？

中文 德文 中文拼音

☑ **有免稅品店嗎？**

Wo ist der Duty-Free Shop?

窩 衣司特 地耳 丟踢-夫力 下普？

☑ **試衣室在哪裡？**

Wo ist der Anproberaum?

窩 衣司特 地耳 安波伯阿母？

☑ **廁所在哪裡？**

Wo sind die Toiletten?

窩 任 地 駝以雷疼？

(2) 在百貨公司

中文 德文 中文拼音

☐ 抱歉。（叫店員時）

Entschuldigung.

恩特叔迪共.

☐ 給我看一下那個。

Zeigen Sie mir, bitte.

猜跟 己 米阿, 比特兒.

☐ 我想買禮物。

Ich möchte Andenken kaufen.

衣西 沒西特兒 安等根 靠焚.

☐ 可以摸摸看嗎？

Darf ich das berühren?

達夫 衣西 答司 不合瑞很？

中文 德文 中文拼音

☐ 可以讓我看其它的嗎？

Zeigen Sie mir bitte etwas anderes.

猜跟 己 米阿 比特兒 艾特娃司 安得耳 餓司.

☐ 有小一號的嗎？

Gibt es eine Grösse kleiner?

給普特 艾司 愛那 哥瑞司 克賴那？

☐ 還有更大的嗎？

Gibt es das auch grösser?

給普特 艾司 答司 奧河 克瑞沙？

☐ 另外還有什麼顏色的？

Gibt es verschiedene Farben?

給普特 艾司發西等得 發本？

中文 德文 中文拼音

☑ 這裡太緊了些。

Hier ist es zu eng.

西耳 衣司特艾司 出 宴哥.

☑ 麻煩一下。

Bitte helfen Sie mir.

比特兒 黑分 己 米阿.

☑ 有義大利製的嗎？

Haben Sie das italienische Modell ?

哈本 己 答司 義大也書 木得？

☑ 有不同顏色的嗎？

Andere Farben?

安得耳喝 發本？

中文 德文 中文拼音

☐ 有不同款式嗎？

Andere Stile?

安得耳喝 司底了？

☐ 有白色的嗎？

Und in weiss?

翁特 因 外司？

☐ 有沒有更好的？

Gibt es etwas Besseres?

給普特 艾司 艾特娃司 背色喝司？

☐ 這是純棉的嗎？

Ist das Baumwolle?

衣司特 答司 保吻窩力阿？

中文 德文 中文拼音

☐ 這是皮的嗎？

Ist das Leder?

衣司特 答司 力大？

☐ 哪種品牌好呢？

Welche Marke ist besser?

威西兒 馬克 衣司特 背沙？

☐ 幫我量一下尺寸。

Bitte messen Sie mich.

比特兒 妹色 己 妹西.

☐ 可以試穿一下嗎？

Darf ich anprobieren?

達夫 衣西 安普逼牙狠？

中文 德文 中文拼音

☐ 我想照一下鏡子。

Wo ist der Spiegel?

窩 衣司特 地耳 司比哥？

☐ 我要顏色更亮的。

Eine hellere Farbe, bitte.

愛那 黑了合 發了伯, 比特兒.

☐ 有沒有樸素一點的？

Gibt es schlichtere Modelle?

給普特 艾司 洗李西得喝 摸得了？

☐ 適合我穿嗎？

Steht es mir?

司底得 艾司 米阿？

中文 德文 中文拼音

☑ 尺寸不合。

Das ist nicht meine Grösse.

答司 衣司特 泥西特 麥任 哥柔蛇.

☑ 太短了。

Zu kurz.

出 叩此.

☑ 請幫我改長。

Bitte verlängern.

比特兒 發雷幹.

☑ 請幫我改短。

Bitte kürzen.

比特兒 考兒怎.

☑ 要花多少時間？

Wird es lange dauern?

威阿特 艾司 郎惡 島彎？

☑ 給我這個。

Ich nehme das.

衣西 尼門 達司.

☑ 這個，我不要。

Ich möchte ein Anderes.

衣西 沒西特兒 愛因 安得耳 餓司.

☑ 可以幫我訂貨嗎？

Bitte bestellen.

比特兒 博士得領.

(3) 郵寄、包裝

中文　德文　中文拼音

☑ 可以幫我寄到國外嗎？

Ins Ausland, bitte.

因司 凹司藍得, 比特兒.

☑ 幫我送到這個住址。

Zu dieser Adresse, bitte.

出 低遮 阿得黑色, 比特兒.

☑ 運費要多少？

Wie hoch ist das Porto?

威好喝 衣司特 答司 波兔？

☑ 幫我包成送禮用的。

Bitte als Geschenk einpacken.

比特兒 艾此 格山克 愛因趴肯.

中文 德文 中文拼音

☐ **這些請分開包。**

Getrennt verpacken, bitte.

格特汗特 非兒趴肯, 比特兒.

☐ **幫我用袋子裝。**

In eine Tüte, bitte.

因 愛那 土得, 比特兒.

◀ 跳脫一般房屋外觀的設計，除了表現出德國人造屋的精湛工藝，還意外展現出在他們理 嚴謹的個中小小的幽默感。

(4) 只看不買

中文 德文 中文拼音

☑ **我只是看一下而已。**

Ich möchte mich nur umsehen.

衣西 沒西特兒 咪西 努阿 翁母賊恩.

☑ **我會再來。**

Ich werde wiederkommen.

衣西 為阿得 威達叩門.

☑ **我再考慮一下。**

Ich muss überlegen.

衣西 木司 迂巴力更.

☑ **這個太貴了。**

Zu teuer.

出 脫有.

☑ **不能再便宜些嗎？**

Geht es auch ein bisschen billiger?

給特 艾司 奧河 愛因 比司印 比立嘎？

☑ **買2個可以便宜點嗎？**

Wird es billiger wenn ich zwei nehme?

威阿特 艾司 比立嘎 問 衣西 此外 你媽？

☑ **這就算20美金可以嗎？**

Sind zwanzig 20 Dollar, O.K.?

任特 轉恩西20都拉, 歐給？

中文 德文 中文拼音

☑ 你算便宜我就買。

Bei reduziertem Preis kaufe ich.

拜 黑度幾兒疼 派司 考佛 衣西.

☑ 我的預算是300美金。

Mein Budget ist drei hundert Dollar.

麥冷 八幾特 衣司特 得害 混那特 都拉.

☑ 兩個多少錢？

Wieviel für zwei?

威非耳 非而 此外？

☑ 有便宜一點的嗎？

Gibt es etwas Billigeres?

給普特 艾司 艾特娃司 比力哥兒司？

中文 德文 中文拼音

☐ **這可以免稅嗎？**

Ist das Zollfrei?

衣司特 答司 煮了服害？

☐ **在哪裡算帳呢？**

Wo ist die Kasse?

窩 衣司特 地 喀色？

☐ **全部要多少錢？**

Wieviel alles zusammen?

威非耳 阿了司 出雜門？

☐ **我付現。**

Ich bezahle bar.

衣西 不叉了 八.

中文 德文 中文拼音

☑ 可以用旅行支票嗎？

Akzeptieren Sie Travelerschecks?

阿科賊普踢很己 己 吹非拉切可司？

☑ 這價錢有含稅的價錢嗎？

Mit Mehrwertsteuer?

米特 米阿非阿幾都牙？

☑ 請給我收據。

Eine Quittung, bitte.

愛能 苦衣同, 比特兒.

☑ **我想退貨。**

Ich möchte das zurückgeben.

衣西 沒西特兒 答司 出為可 給本.

☑ **我想換這個。**

Ich möchte umtauschen.

衣西 沒西特兒 翁桃森.

☑ **尺寸不合。**

Die Grösse passt mir nicht.

地 夠瑞色 爬史特 米阿 泥西特.

☑ **這裡有髒點。**

Hier gibt es einen Fleck.

西耳 給普特 艾司 愛能 夫淚客.

中文 德文 中文拼音

☑ **這不太好。**

Das ist nicht sehr gut.

答司 衣司特 泥西特 賊耳 固特.

☑ **這個壞了。**

Das ist kaputt.

答司 衣司特 卡波特.

☑ **我要退錢。**

Ich möchte das Geld zurück.

衣西 沒西特兒 答司 給得 出會可.

☑ **請叫店長來。**

Bitte rufen Sie den Manager.

比特兒 歐分 己 定 妹呢家.

中文 德文 中文拼音

☑ **這是收據。**

Hier ist die Quittung.

西耳 衣司特 地 虧洞.

▲ 科隆的狂歡節（Karneval）每年都可以吸引到許多觀光客前來參加，活動中大家會戴上面具穿上奇裝異服，在大街上載歌載舞，活像是一個街頭的化妝舞會。

6 觀光

(1) 在旅遊服務中心

中文 德文 中文拼音

☑ 我想觀光市內。

Ich möchte die Stadt besichtigen.

衣西 沒西特兒 地 士大特 比幾西底更.

☑ 有觀光巴士嗎？

Gibt es einen Touristenbus?

給普特 艾司 愛能 兔黑司疼布司？

☑ 有一天行程的團嗎？

Gibt es Tagestouren?

給普特 艾司 踏克司禿更？

☑ 我想去紐約玩。

Ich möchte zum spaß nach New York?

衣西 沒西特兒 木 司趴司 那河 紐約？

中文 德文 中文拼音

☑ **有遊名勝的團嗎？**

Gibt es Sehenwürdigkeiten?

給普特 艾司 字亨書開疼？

☑ **我想參加晚上行程的觀光團。**

Ich möchte bei Nacht besichtigen.

衣西 沒西特兒 拜 那河 必幾西幾更.

☑ **有坐遊艇的觀光團嗎？**

Gibt es eine Besichtigungs tour auf dem schiff?

給普特 司 愛那 必幾西幾共 禿阿 奧福 等 雪夫？

☑ **這是什麼觀光團？**

Was für eine Besichtigung ist es?

娃司 非而 愛那 必幾西幾共 衣司特 艾司？

中文 德文 中文拼音

☑ 搭遊覽車去的嗎？

Mit dem Bus?

米特 等 布司？

☑ 哪個團比較有人氣呢？

Welche Tour wird gerne genommen?

威耳西兒 禿阿 威阿特 格昂姑諾門？

☑ 有自由活動時間嗎？

Gibt es Zeit zur freien Verfügung ?

給普特 艾司 在特 而 福害恩 非阿非拱 ？

☑ 要帶外套嗎？

Muss man eine Jacke mitnehmen?

木司 慢 愛那 呀哥 米特內門？

☑ **這個團要花幾個鐘頭？**

Wieviele Stunden dauert die Tour?

威非耳 書敦等 刀阿特 地 禿阿？

☑ **有附導遊嗎？**

Gibt es einen Reiseführer?

給普特 艾司 愛人嗨熱非阿？

☑ **這個團訂幾位？**

Wie viele Leute sind in einer Gruppe?

威　非了　羅衣特 任特　因 愛那 狗玻？

☑ **是從哪裡出發？**

Von wo gehen wir los?

逢 窩 給恩 威阿 羅思？

中文 德文 中文拼音

☑ 在哪裡集合？

Wo ist der Treffpunkt?

窩 衣司特 地耳 吹夫砰特？

☑ 什麼時候出發？

Wann fahren wir ab?

彎 發哼 威阿 阿普？

☑ 幾點回到這裡？

Wann kommen wir zurück?

彎 叩門 威阿 出喝克？

☑ 這個團的費用是多少？

Wieviel kostet diese Besichtigung?

威非耳 扣司特特 低遮 比幾西踢共？

中文 德文 中文拼音

☐ **還有什麼必需支付的？**

Entstehen noch weitere Kosten?

恩司得印 若喝 外特喝 扣司疼？

☐ **有附餐嗎？**

Sind die Mahlzeiten eingeschlossen?

任特 地 賣了在疼 愛因 格士洛生？

☐ **這個團學生有打折嗎？**

Gibt es Studentenerm äßigung?

給普特 艾司 司丟等特阿妹西貢？

☐ **還有空位嗎？**

Gibt es noch Plätze?

給普特 艾司 諾合 撲累渣？

中文 德文 中文拼音

☐ **現在可以預約嗎？**

Darf ich schon reservieren?

達夫 衣西 熊 合舌威很？

☐ **我想參加這個團。**

Diese Gruppe.

低遮 勾普.

▲ 德國在耶誕節前夕，市中心會有應景的耶誕市場，沿街排列的小販，販售著與耶誕節有關的工藝品。

中文 德文 中文拼音

☑ **那是什麼建築物？**

Was für ein Gebäude ist es?

娃司 非而 艾因 格波餓得兒 衣司特 艾司？

☑ **這是什麼？**

Was ist das?

娃司 衣司特 答司？

☑ **這叫什麼名字？**

Wie heißt es?

威 孩司 艾司？

☑ **要在這裡停留多久？**

Wie lange bleiben wir hier?

威 郎惡 不來本 威阿 西耳？

中文 德文 中文拼音

☑ **這裡是美術館嗎？**

Ist das die Galerie?

衣司特 答司 地 嘎了力？

☑ **要門票嗎？**

Braucht man eine Eintrittskarte?

保奧河特 慢 愛那 愛因特黑特司卡特兒？

☑ **給我兩張票。**

Zwei Karten, bitte.

慈外 卡疼, 比特兒.

☑ **幾點到幾點開放？**

Von wann bis wann ist geöffnet?

窩 萬 比司 萬 衣司特 哥惡夫呢特？

中文 德文 中文拼音

☑ 可以進入嗎？

Darf ich rein?

達夫 衣西 害因？

☑ 那是什麼時候的東西？

Aus welcher Zeit ist es?

奧司 威而西兒 在特 衣司特 艾司？

☑ 這是幾世紀的東西？

Welches Jahrhundert?

威耳西司 呀虎那特？

☑ 幾點有表演？

Wann fängt die Aufführung an?

彎 分哥替 地 凹非紅 安？

中文 德文 中文拼音

☑ 這個可以給我嗎？

Darf ich das haben?

達夫 衣西 答司 哈本？

☑ 這裡拍照沒關係吧？

Darf ich Fotos machen?

達夫 衣西 佛頭司 麻恨？

☑ 我可以錄影嗎？

Darf ich filmen?

達夫 衣西 非額門？

☑ 可以幫我們拍個照嗎？

Können Sie uns fotografieren?

昆冷 己 翁司 佛頭嘎非恩？

中文 德文 中文拼音

☑ **按這裡就可以了。**

Hier drücken.

西耳 都餓肯.

☑ **請站在這裡。**

Stehen Sie hier, bitte.

司替很 己 西耳,比特兒.

☑ **請再拍一張。**

Noch eins, bitte.

若合 愛因此, 比特兒.

7 娛樂

(1) 觀賞歌劇、音樂會

中文 德文 中文拼音

☑ **我想去看電影。**

Ich möchte einen Film sehen.

衣西 沒西特兒 愛能 飛了門 賊恩.

☑ **哪齣最有人氣？**

Welcher Film ist gerade in?

威而西兒 飛了門 衣司特 嘎阿得 因？

☑ **哪裡有演歌劇？**

Wo kann man eine Oper sehen?

窩 看 慢 愛那 歐爬 賊恩？

☑ **在哪裡可以買到入場券？**

Wo kann man Karten kaufen?

窩 看 慢 卡疼 考餓分？

中文 德文 中文拼音

☐ 有座位嗎？

Gibt es noch Plätze?

給普特 艾司 諾合 撲淚這？

☐ 請給我好位子。

Bitte geben Sie mir einen guten Platz.

比特兒 給本 己 米阿 愛任 姑疼 普拉此.

☐ 我要前面的位子。

Vordere Reihe, bitte.

佛兒 得耳 艾牙, 比特兒.

☐ 要多少錢？

Wieviel kostet es?

威非耳 扣司特特 艾司？

中文 德文 中文拼音

☐ **幾點開始？**

Wann fängt es an?

彎 返給特 艾司 安？

☐ **幾點結束？**

Wann ist es zuende?

彎 衣司特 艾司 出 恩得？

8 交友

中文　德文　中文拼音

☑ 你好！

Guten Tag!

姑疼 踏克!

☑ 嗨！你好嗎？

Hallo! Wie geht's?

哈囉! 威 給此？

☑ 我叫王明，很高興認識你。

Angenehm, ich heiße Wang Ming.

安跟名, 衣西 孩遮 王明.

☑ 這是我妻子。

Meine Frau.

麥呢 夫凹.

中文 德文 中文拼音

☑ 天氣真好啊！

Schönes Wetter!

書呢司 威踏!

☑ 可以跟您拍個照嗎？

Ein Foto zusammen?

愛因 佛禿出 雜門？

☑ 可以告訴我您的住址嗎？

Darf ich Ihre Adresse haben?

達夫 衣西 衣喝 阿得淚色 哈本？

☑ 日文怎麼說？

Was heißt das auf Japanisch?

威司 孩司 答司 奧福 呀胖泥序？

中文 德文 中文拼音

☐ **真棒！**

Wunderbar!

吻得耳抱!

☐ **真可愛！**

Wie süß!

威 主司!

☐ **能跟您講話真是太好了。**

Ich freue mich, mit Ihnen zu reden.

衣西 夫任 咪西, 米特 衣嫩 出黑等.

☐ **再見，後會有期！**

Auf Wiedersehen, bis bald!

奧福 威得耳賊恩,比司 巴耳特!

9 交通

(1) 問路

中文　德文　中文拼音

☑ **我迷路了。**

Ich bin verloren.

衣西 冰 非魯跟.

☑ **我在哪裡？**

Wo bin ich hier?

窩 冰 衣西 西耳?

☑ **這裡叫什麼路？**

Wie heißt die Straße hier?

威 海司特 地 士特哈色 西耳？

☑ **車站在哪裡？**

Wo ist der Bahnhof?

窩 衣司特 地耳 班或福？

中文 德文 中文拼音

☑ 車站在這裡嗎？

Ist der Bahnhof hier in der Nähe?

衣司特 地耳 班或福 因 地耳 內喝？

☑ 這附近有銀行嗎？

Gibt es eine Bank in der Nähe?

給普特 艾司 愛那 棒克 因 地耳 內喝？

☑ 很遠嗎？

Ist das weit von hier?

衣司特 答司 外特 逢 西耳？

☑ 走路可以到嗎？

Kann man zu Fuß gehen?

看 慢 木 父司 給很？

中文 德文 中文拼音

☑ 是右邊？還是左邊？

Rechts oder links?

害西此 喔得耳 玲克司？

☑ 在這張圖的什麼地方。

Wo steht es auf dieser Karte.

窩 司低特 艾司 奧福 低遮阿 卡特兒.

☑ 走路要幾分鐘？

Wie lange dauert es zu Fuß?

威 郎惡 島兒特 艾司　父司？

☑ 大概五分。

Etwa fünf Minuten.

艾特娃 份夫 米努疼.

(2) 坐計程車

中文 德文 中文拼音

☑ **計程車招呼站在哪裡？**

Wo ist der Taxistand?

窩 衣司特 地耳 踏克西司但特？

☑ **麻煩幫我叫計程車。**

Rufen Sie ein Taxi, bitte.

歐分 己 愛因 踏克西, 比特兒.

☑ **我到機場。**

Zum Flughafen, bitte.

木 俘虜卡哈文, 比特兒.

☑ **請直走。**

Geradeaus, bitte.

格哈得奧司, 比特兒.

中文 德文 中文拼音

☐ 往左轉。

Links, bitte.

玲克司, 比特兒.

☐ 請到這個住址。

Zu dieser Adresse, bitte.

低遮阿 阿得黑色, 比特兒.

☐ 麻煩快一點。

Schneller, bitte.

書內拉, 比特兒.

☐ 請等一下。

Moment, bitte.

摸門特, 比特兒.

中文 德文 中文拼音

☑ **就在那棟大樓前停。**

Halten Sie vor diesem Gebäude an.

哈耳疼 己 否兒 低怎 格波餓得兒 安.

☑ **這裡就好了。**

Halten Sie hier an.

孩疼 己 西耳 安.

▲ 每年十月節啤酒花園的女侍要練就一次端14杯特大杯啤酒的能耐，才能應付得了蜂擁而至的啤酒客。

(3) 坐電車、地鐵

中文 德文 中文拼音

☐ **請給我地鐵路線圖。**

Einen U-Bahnnetzplan, bitte.

愛任 屋-幫內此普拉安, 比特兒.

☐ **地鐵車站在哪裡？**

Wo ist der Bahnhof?

窩 衣司特 地耳 班或福？

☐ **哪個月台到市中心？**

Auf welchem Bahnsteig fährt der Zug ins Zentrum?

奧福 威耳西兒 棒司代哥 非阿特 地耳 促克 因司 前同母？

☐ **在第12月台。**

Bahnsteig zwölf.

棒司代哥 資窩夫.

中文 德文 中文拼音

☑ 在哪個車站下？

Wo steige ich aus?

窩 司代哥 衣西 奧兒司？

☑ 這輛電車停靠東京嗎？

Hält der Zug in Tokio?

黑兒特 地耳 促克 因 東京？

☑ 這班電車往芝加哥嗎？

Fährt dieser Zug nach Chicago?

非阿特 低這 促克 那河 芝加哥？

☑ 在哪裡換車呢？

Wo steigen wir um?

窩 司代跟 威阿 歐母？

中文 德文 中文拼音

☑ **到那裡有幾個車站呢？**

Wieviele Stationen von hier bis dorthin?

威非耳 司他序歐任 逢 西耳 比司 豆特喝印？

☑ **下一站在哪裡？**

Wie heißt die nächste Station?

威 孩司特 地 奈西司特耳 司他序翁？

☑ **我坐過站了。**

Ich habe meine Station verpasst.

衣西 哈伯兒 麥內司他序翁 非而爬史特.

(4) 坐巴士

中文　德文　中文拼音

☐ **公車站在哪裡？**

Wo ist die Bushaltestelle?

窩 衣司特 地 布司害度司得了？

☐ **12號公車站在哪裡？**

Wo ist die Bushaltestelle der Linie zwölf?

窩 衣司特 地 布司害度司得了 地耳 力泥也 資窩夫？

☐ **這輛公車往東京嗎？**

Fährt dieser Bus zum Tokio?

非阿特 低遮阿 布司　木 偷機歐？

☐ **下班公車幾點來？**

Wann kommt der nächste?

彎 空母特 地耳 奈西司特耳？

中文 德文 中文拼音

☑ 到芝加哥飯店嗎？

Zum Chicago Hotel?

木 芝加哥 后特耳？

☑ 要花多少時間？

Wie lange fährt der Bus dorthin?

威 藍哥 非阿特 地耳 布司 阿特喝印？

☑ 要多少車費？

Was ist der Fahrpreis?

娃司 衣司特 地耳 發派司？

☑ 哪裡有賣車票？

Wo kann ich die Fahrkarte kaufen?

窩 看 衣西 地 發卡地 靠梵？

中文 德文 中文拼音

☑ **我要單程車票。**

Einfachfahrkarte, bitte.

愛因發卡發卡得比特兒, 比特兒.

☑ **下站下車。**

Ich steige an der nächsten Station aus.

衣西 司代哥 安 地耳 奈司疼 司他序歐任 奧司.

☑ **我要下車。**

Ich will aussteigen.

衣西 威耳 奧司土呆根.

⑩ 郵局．電話

(1) 在郵局

中文 德文 中文拼音

☑ **郵局在哪裡？**

Wo ist das Postamt?

窩 衣司特 答司 波思特昂特？

☑ **郵筒在哪裡？**

Wo gibt es einen Briefkasten?

窩 給普特 司 愛因 不力夫卡司疼？

☑ **我要寄這封信。**

Schicken Sie diesen Brief, bitte.

誰肯 己 低任 不力夫, 比特兒.

☑ **我要寄航空。**

Luftpost, bitte.

路夫破司特,比特兒.

中文 德文 中文拼音

☑ **船運要多少錢？**

Wieviel kostet das Porto als Seefracht?

威非耳 扣司特特 答司 波偷 阿耳司 寄發喝特？

☑ **我要寄到臺灣。**

Nach Taiwan, bitte.

那河 臺灣, 比特兒.

☑ **掛號信要多少錢？**

Was ist das Porto für ein Einschreiben?

娃司 衣司特 答司 波偷 非而 愛因 愛因司壞本？

☑ **我要寄快信（快捷）。**

Express, bitte.

艾克司配司, 比特兒.

中文 德文 中文拼音

☐ **我要40分的郵票五張。**

Fünf Briefmarken zu vierzig Cents, bitte.

分夫 不力夫馬克恩 出非兒記此 先此, 比特兒.

▲ 汽車大廠BMG在德國總公司氣派十足的辦公大樓。

(2) 打市內電話

中文 德文 中文拼音

☐ 喂！

Hallo?

哈囉？

☐ 我找小林。

Herrn Lin, bitte.

西耳 林, 比特兒.

☐ 我是王明。

Hier ist Wang Ming.

西耳 衣司特 王明.

☐ 我找1215號房。

Zimmer zwölf fünfzehn, bitte.

誰嗎 珠窩夫 夫恩夫前, 比特兒.

中文 德文 中文拼音

☐ **我這裡是1126號房。**

Hier ist das Zimmer eins-eins-zwei-sechs.

西耳 衣司特 答司 誰嗎 愛因司-愛因司-此外-災克司.

☐ **對不起，我打錯了。**

Es tut mir leid, falsche Nummer.

餓司 免特 米阿 賴特, 壞了序 努馬.

☐ **他外出了。**

Er ist außer Haus.

得耳 衣司特 凹蛇 好司.

☐ **啊！什麼？**

Bitte?

比特兒？

中文 德文 中文拼音

☑ **我聽不清楚。**

Ich habe nicht verstanden.

衣西 哈伯兒 泥西特 格灰阿特.

☑ **請告訴我怎麼拼？**

Können Sie buchstabieren?

昆冷 己 不司達比很？

☑ **請等一下。**

Einen Moment.

愛能 某門特.

☑ **請幫我轉達。**

Ich möchte eine Nachricht hinterlassen.

衣西 沒西特兒 愛能 那河嘿西特 很特拉森.

中文 德文 中文拼音

☐ 電話號碼是01-2345-6789.

Her ist die Nummer null-eins-zwei-drei-vier-fünf-sechs- Sie ben-acht-neun.

答司 衣司特 地 努馬 努兒-愛因司-慈外-得艾-非阿-分夫-災克司-賊本-阿喝-諾印.

☐ 我等一下再打給他。

Ich rufe wieder an.

衣西 歐夫 威打 安.

☐ 請打電話給我。

Bitte rufen Sie mich zurück.

比特兒 歐分 己 咪西 出賀克.

☐ 再見（打電話時）！

Auf Wiederhören!

奧福 威答喝跟！

(3) 在飯店打國際電話

中文　德文　中文拼音

☑ **請接接線生。**

Operator, bitte.

阿普淚塔, 比特兒.

☑ **我想打國際電話。**

International Ruf, bitte.

印特那訓拿兒 入夫, 比特兒.

☑ **我要打到臺灣。**

Nach Taiwan, bitte.

那河 台灣, 比特兒.

☑ **我想打對方付費電話。**

R-Gespräch, bitte.

阿兒-古司波艾西, 比特兒.

11 遇到麻煩

（1）人不見了，東西掉了

中文 德文 中文拼音

☑ 我錢包不見了。

Ich habe meine Brieftasche verloren.

衣西 哈伯兒 麥內 不力夫踏舌 非兒路很.

☑ 皮包放在計程車忘了拿了。

Ich habe meine Tasche im Taxi vergessen.

衣西 哈伯兒 麥內 踏舌 因母 他庫西 非兒給森.

☑ 我兒子不見了。

Ich habe meinen Sohn verloren.

衣西 哈伯兒 麥能 走恩 非兒路很.

☑ 你看到這裡有相機嗎？

Haben Sie eine Kamera gesehen?

哈本 己 愛那 卡麼阿 哥基因？

中文 德文 中文拼音

☑ **裡面有護照。**

Mein Reisepass ist in der Tasche.

麥冷嗨熱爬司 衣司特 因 地耳 他舌.

▲ 陪伴大家童年的格林童話，其作者格林兄弟即是德國人，說不定在德國郊區常可見到的古堡，也是故事發生的場景之一喔！

(2) 被偷、被搶

中文 德文 中文拼音

☑ 皮包被搶了。

Man hat meine Tasche gestohlen.

慢 哈特 麥內 他書 哥司偷能.

☑ 我錢包不見了。

Ich habe meinen Geldbeutel verloren.

衣西 哈伯兒 麥任 給特波衣特 非兒路很.

☑ 我護照不見了。

Ich habe meinen Reisepass verloren.

衣西 哈伯兒 麥能 嗨熱趴司 非兒路很.

☑ 請幫我打電話報警。

Rufen die Polizei!

翁分 地 波力菜！

中文 德文 中文拼音

☐ 有扒手！

Dieb!

地步！

☐ 是那個人。

Dieser ist der Dieb!

低遮阿 衣司特 地耳 地步！

☐ 警察！

Polizei!

波力菜!

☐ 救命啊！

Hilfe!

黑伊發！

中文 德文 中文拼音

☐ **你幹什麼！**

Was soll das!

娃 收了 答司！

☐ **我不需要！不行！**

Nein, danke.

奈恩, 當克.

▲ 你聽過描寫 物樂團「不萊梅的四個音樂家」故事嗎？

(3) 交通事故

中文 德文 中文拼音

☑ **我遇到交通事故了。**

Ich habe einen Unfall gehabt.

衣西 哈伯兒 愛因 溫壞兒 給哈伯特.

☑ **幫我叫救護車。**

Ruft einen Krankenwagen.

歐夫特 愛因 看根娃更.

☑ **趕快！**

Schnell!

書內了!

☑ **我受傷了。**

Ich bin verletzt.

衣西 冰 非淚此特.

(4) 生病了

中文 德文 中文拼音

☐ **我不舒服。**

Ich fühle mich nicht wohl.

衣西 夫了 迷西 泥西特 窩耳.

☐ **我肚子痛。**

Ich habe Bauchschmerzen.

衣西 哈伯兒 保河書妹兒怎.

☐ **我感冒了。**

Ich bin erkältet.

衣西 冰 愛喝給特.

☐ **幫我叫醫生。**

Ruft einen Arzt, bitte.

歐夫特 愛任 阿此特, 比特兒.

中文 德文 中文拼音

☐ 請帶我去醫院。

Bringt mich ins Krankenhaus, bitte.

不林哥特 咪西 因司 看人肯好兒司, 比特兒.

☐ 我有點發燒。

Ich habe Fieber.

衣西 哈伯兒 非伯兒.

☐ 這裡很痛。

Hier tut es mir weh.

黑耳 兔特 司 米阿 沈.

☐ 可以繼續旅行嗎？

Kann ich meine Reise fortsetzen?

看 衣西 麥內嗨熱 佛這真？

中文 德文 中文拼音

☑ 這附近有藥房嗎？

Gibt es hier eine Apotheke?

給普特 司 西耳 愛那 阿不貼哥？

☑ 一天吃幾次藥呢？

Wieviel Mal pro Tag?

威非耳 麻兒 波踏克？

☑ 我有過敏體質。

Ich bin Allergisch.

衣西 冰 阿了哥序.

☑ 我覺得好多了。

Ich fühle mich besser.

衣西 夫了 咪西 背色.

中文 德文 中文拼音

☐ **我沒關係了。**

Alles ist O.K.!

阿了司 衣司特 歐凱!

☐ **我已經好了。**

Es geht mir wieder gut.

餓司 給特 米阿 威得 固特.

▲ 兼具報時功能的音樂大掛鐘，聽說在中午12點聽到咕咕雞報時的人都能得到好運。

MEMO

第二篇

生活會話篇

1 日常招呼

中文 德文 中文拼音

☐ 早安！

Guten Morgen!

姑疼 某跟!

☐ 你好！

Guten Tag!

姑疼 踏克!

☐ 晚上好。

Guten Abend.

姑疼 阿本特.

☐ 晚安。

Gute Nacht.

姑疼 那河特.

中文 德文 中文拼音

☐ **你好嗎？**

Wie geht's?

威 給此？

☐ **我很好，你呢？**

Gut, und dir?

固特, 吻 地兒？

☐ **還可以。**

Es geht.

餓司 給特.

☐ **明天見。**

Bis morgen.

比司 毛跟.

☐ 改天見。

Bis bald.

比司 巴艾特.

☐ 後會有期。

Bis nächstes Mal.

比司 奈西司特司 麻兒.

☐ 祝旅途愉快。

Schöne Reise!

順了 嗨熱!

☐ 祝你有個美好的時光。

Viel Spaß!

非兒 司吧司!

中文 德文 中文拼音

☐ **再見。**

Auf Wiedersehen.

奧福 威得賊恩.

☐ **拜拜！**

Tschüß!

去司!

▲ 德國人認為美化自家環境是家家戶戶應盡的義務，除了在窗台上擺設顏色鮮豔的花盆之外，花園造景也展現出修剪花木的功力。

② 感謝及道歉

中文 德文 中文拼音

☑ **謝謝。**

Danke.

當克.

☑ **很謝謝你。**

Vielen Dank.

非很 當克.

☑ **不客氣。**

Bitte.

比特兒.

☑ **對不起。**

Entschuldigung.

恩特叔為迪共.

中文 德文 中文拼音

☐ **抱歉。**

Es tut mir leid.

餓司 兔特 米阿 賴特.

☐ **抱歉我來遲了。**

Es tut mir leid,dass ich zu spät komme.

餓司 兔特 米阿 賴特,答司 衣西 出 司貝特 叩門.

☐ **沒關係的。**

Das macht nichts.

答司 麻合 泥西此.

☐ **不用謝。**

Bitte!

比特兒!

中文 德文 中文拼音

☐ 不要緊的。

Das ist nicht schlimm.

答司 衣司特 泥西特 書任.

☐ 別介意。

Keine Sorge.

凱內 收割.

☐ 真是感謝。

Herzlichen Dank.

黑此 力西 當克.

☐ 謝謝你的禮物。

Danke für das Geschenk.

當克 非而 答司 故先克.

中文 德文 中文拼音

☐ **感謝您各方的關照。**

Danke für alles.

當克 非而 阿了司.

☐ **謝謝你的親切。**

Das ist sehr nett, danke.

答司 衣司 賊耳 內此, 當克.

▲ 注重休閒生活的德國人週日是不工作的，和家人一起到郊外遊山玩水，或者和朋友坐在廣場兩旁喝咖啡都是不錯的選擇。

3 肯定·同意

中文 德文 中文拼音

☑ 好。

Ja.

呀.

☑ 沒錯。

Genau.

給鬧.

☑ 我也這麼認為。

Ich denke auch so.

衣西 當克 奧河 走.

☑ 我明白了。

Ich habe verstanden.

衣西 哈伯兒 格灰阿等.

中文 德文 中文拼音

☐ **我也同感。**

Das stimmt.

答司 司地吻特.

☐ **好／行。**

Gut!

固特!

▲ 德國是汽車工業大國，許多世界知名廠牌都是發跡於此地。

4 否定・拒絕

中文 德文 中文拼音

☑ 不。／不是。

Nein.

奈恩.

☑ 不，謝了。

Nein, danke.

奈恩, 當克.

☑ 已經夠了。

Das reicht.

答司 害西特.

☑ 我不知道。

Keine Ahnung.

凱呢 阿農克.

中文　德文　中文拼音

☐ **我倒不這樣認為。**

Ich bin nicht der gleichen Meinung.

衣西 冰 泥西特 地耳 格賴先 麥隆克.

☐ **我現在很忙。**

Ich bin gerade beschäftigt.

衣西 冰 給阿特 伯謝夫提克特.

☐ **我跟別人有約了。**

Ich bin verabredet.

衣西 冰 非阿普淚特.

5 詢問

中文　德文　中文拼音

☑ **對不起，請問。**

Entschuldigung.

恩特叔力得共特.

☑ **請問。**

Darf ich mal fragen?

達夫 衣西 麻兒 夫阿跟？

☑ **您叫什麼名字？**

Wie heißen Sie?

威 孩生 己？

☑ **你的名字怎麼拼寫？**

Wie schreibt man Ihren Namen?

威 叔孩伯 慢 衣亨 那阿門？

中文 德文 中文拼音

☐ **您從事什麼工作？**

Was machen Sie beruflich?

娃司 麻恨 己 伯屋佛力西？

☐ **您是從哪裡來的？**

Woher kommen sie?

窩 黑阿 叩門 己？

☐ **這是什麼？**

Was ist das?

娃司 衣司特 答司？

☐ **現在幾點？**

Wie spät ist es?

威 司貝特 衣司特 艾司？

中文 德文 中文拼音

☐ 為什麼？

Wieso?

非走？

▲ 十月節慶典的重點活 是長達好幾個小時的大遊行，常可以看見穿著傳統巴伐利亞服飾的隊伍。

6 介紹

中文 德文 中文拼音

☐ 我叫王建明。

Ich heiße Wang Ming.

衣西 孩蛇 王明.

☐ 請叫我建明。

Nennen sie mich xiao-Ming.

內內 己 咪西 小明.

☐ 我是從日本來的。

Ich komme aus Japan.

衣西 叩門 奧司 牙胖.

☐ 你好。

Wie geht's?

威 給此？

中文 德文 中文拼音

☐ 很高興認識你。

Ich freue mich sie kennenzulernen.

衣西 夫撈月 咪西 己 凱任 出拉任.

☐ 這是我的朋友東尼。

Das ist mein Freund Tony.

答司 衣司特 麥冷 佛翁特 東尼.

☐ 這位是王太太。

Das ist Frau Wang.

答司 衣司特 夫好 王.

☐ 我是學生。

Ich bin Studentin.

衣西 冰 書都等特.

中文 德文 中文拼音

☑ **我在電腦公司上班**

Ich arbeite eine Computerfirma.

衣西 阿合敗特 愛那 砍普特非兒麻.

☑ **我是來這裡度假的。**

Ich bin hier im Urlaub.

衣西 冰 西耳 因母 巫老婆.

☑ **我是來這裡工作的。**

Ich bin hier auf Geschäftsreise.

衣西 冰 西耳 奧福 歌謝格害則.

7 嗜好

中文 德文 中文拼音

☐ 你的嗜好是什麼？

Was ist Ihr Hobby?

娃司 衣司特 衣兒 哈比？

☐ 我喜歡游泳

Ich schwimme gern.

衣西 書威麼 格昂.

☐ 我想挑戰衝浪。

Ich Will das Surfen erlernen.

衣西 威耳 答司 蛇份 阿力阿任.

☐ 我一個禮拜學兩次跳舞。

Ich lerne zwei Mal in der Woche Tanzen.

衣西 來能 慈外 麻兒 因 地耳 窩合 貪森.

中文 德文 中文拼音

☑ **我很擅長釣魚。**

Ich kann sehr gut angeln.

衣西 看 賊耳 固特 阿跟.

☑ **你做運動嗎？**

Treiben sie Sport?

特孩本 己 司伯特？

☑ **我很喜歡打網球。**

Ich spiele sehr gern Tennis.

衣西 司比了 賊耳 格昂 天泥司.

☑ **我超喜歡打籃球。**

Ich liebe Basketball über alles.

衣西 力伯 巴司客伯 迂伯阿 阿了司.

8 網際網路

中文 德文 中文拼音

☑ 這是我的網址。

Das ist meine E-mail Adresse.

答司 衣司特 麥內 伊妹兒 阿得黑色.

☑ 我沒有網址。

Ich habe keine E-mail Adresse.

衣西 哈伯兒 凱呢 伊妹兒 阿得黑色.

☑ 我家裡沒有電腦。

Ich habe keinen Computer zu Hause.

衣西 哈伯兒 凱冷 看比巫特兒 出 豪兒色.

☑ 這是我公司的網址。

Hier ist meine E-mail Adresse vom Büro.

西耳 衣司特 麥內 伊妹兒 阿得黑色 佛母 比我.

中文 德文 中文拼音

☐ 這是我的名片。

Hier ist meine Visitenkarte.

西耳 衣司特 麥內 非幾特卡特兒.

☐ 可以跟您要張名片嗎？

Darf ich Ihre Karte haben?

達夫 衣西 已喝 卡特兒 哈本？

☐ 我會傳郵件給你。

Ich werde Ihnen eine E-mail schicken.

衣西 為兒得 衣嫩 愛能 伊妹兒 誰肯.

☐ 你有上網嗎？

Benutzen sie das Internet?

丙努特 己 答司 印特內特？

中文 德文 中文拼音

☐ 看看我的網頁。

Besuchen sie doch mal in meine Web page.

北如何 己 豆喝 麻兒 因 麥能 為伯 配給.

☐ 可以跟您借電腦嗎？

Darf ich Ihren Computer benutzen?

達夫 衣西 衣亨 看比巫特兒 巴努稱？

☐ 網頁是你自己做的嗎？

Haben sie Ihre Web Page Selbst erstellt ?

哈本 己 底喝 為伯 配給 賊伯特 艾司 得特？

☐ 可以借我手機嗎？

Darf ich Ihr Handy benutzen?

達夫 衣西 衣喝 黑地 不怒稱？

中文 德文 中文拼音

☐ 可以告訴我手機號碼嗎？

Darf ich Ihre Handynummer haben?

達夫 衣西 衣喝 恨地 怒母 馬哈本？

▲ 對足球十分狂熱的德國人，承辦世界盃足球賽時，全國人士都看到了當家守門員卡恩再展滴水不漏之擋球神技。

9 邀約

中文 德文 中文拼音

☑ 一起去看電影，怎麼樣？

Gehen wir ins Kino?

給恩 威阿 因司 幾若？

☑ 一起喝咖啡，怎麼樣？

Trinken wir zusammen einen Kaffee?

特亨肯 威阿 出此阿門 愛任 咖啡？

☑ 一起去，好嗎？

Gehen wir zusammen?

給很 威阿 出 阿門？

☑ 當然可以。

Mit Vergnügen.

米特 非阿格怒跟.

中文 德文 中文拼音

☑ 請來我家玩。

Kommen sie zu mir nach Hause.

叩門 己 出 米阿 那喝 好任.

☑ 好啊！

Klar!

克拉!

☑ 星期幾好呢？

Welcher Tag passt Ihnen am besten?

威而西兒 踏克 爬史特 衣嫩 昂 北司疼？

☑ 星期五如何？

Freitag?

服害踏克？

中文　德文　中文拼音

☑ 我可以帶朋友去嗎？

Darf mein(e) Freund(in) auch kommen?

達夫 麥呢 佛恩得(因) 奥河 叩門？

☑ 當然可以。

Ja klar.

呀 克拉.

▲ 德國的夏季和冬季有兩次的打折活 ，這個時期走進任何一家商店，只要看見紅色標籤，就代表這是一件特價商品喔！

⑩ 拜訪朋友

(1) 到家門口

中文　德文　中文拼音

☑ 你好（進門前）。

Guten Abend.

姑疼 阿本特.

☑ 歡迎光臨。

Herzlich Willkommen.

黑此力西 威耳叩門.

☑ 這邊請。

Bitte hier entlang.

比特兒 西耳 宴特藍克.

☑ 請這裡坐。

Bitte setzen sie sich.

比特兒 塞參 己 賊西.

中文 德文 中文拼音

☑ 這是送你的禮物。

Das ist für sie.

答司 衣司特 非而 己.

☑ 希望你能喜歡。

Ich hoffe das wird Ihnen gefallen.

衣西 好佛 答司 威阿特 衣嫩 哥懷人.

☑ 這是楊先生。

Das ist Herr Yang.

答司 衣司特 西耳 楊.

☑ 這是我的兒子喬治。

Das ist mein Sohn George.

答司 衣司特 麥冷 種 喬治.

中文 德文 中文拼音

☐ **你好嗎？**

Wie geht's Ihnen?

威 給此 衣嫩？

☐ **很高興認識你。**

Ich freue mich sie kennenzulernen.

衣西 夫撈月 咪西 己 肯任出來任.

▲ 德國市政廣場上除了有造型特異的藝術雕塑品之外，偶爾也有街頭藝人表演，不過有時候根本無法辨別兩者之間的差異，無法相信嗎？實地參觀過後你就知道了。

(2) 進餐

中文 德文 中文拼音

☑ **請喝葡萄酒。**

Wir trinken Wein!

威阿 特印肯 外因!

☑ **一點就好。**

Nur ein wenig.

努阿 愛因 為你哥.

☑ **不，我不喝。**

Nein, danke.

奈恩, 當克.

☑ **我不會喝酒。**

Ich trinke keinen Alkohol.

衣西 特玲克 凱冷 愛兒估呼.

中文 德文 中文拼音

☑ 這葡萄酒很好喝喔！

Der Wein ist sehr gut.

地耳 外因 衣司特 己耳 固特.

☑ 請吃菜。

Nehmen sie,bitte.

泥門 己,比特兒.

☑ 真好吃。

Das ist lecker.

答司 衣司特 淚卡.

☑ 我吃得十分飽了。

Ich bin satt, danke.

衣西 冰 炸特, 當克.

中文 德文 中文拼音

☐ 來杯咖啡如何？

Einen Kaffee?

愛能 咖啡？

☐ 好的。

Gern.

格昂.

◀ 遇到滑雪旺季時，喜愛在白色陡峭山壁上尋求刺激的滑雪客從各路湧來，瑞典一些著名的滑雪景點，當地的小木屋床位可是供不應求呢！

MP3-56

中文 德文 中文拼音

☑ 我該告辭了。

Ich muss gehen.

衣西 木司 給很.

☑ 請借一下廁所。

Darf ich auf die Toilette gehen?

達夫 衣西 奧福 地 頭衣淚特 給恩？

☑ 真是愉快。

Das war ein schöner Abend.

答司 娃 愛因 書那 阿本特.

☑ 謝謝您的招待。

Danke für die Einladung.

當克 非而 地 愛因拉冬克.

中文 德文 中文拼音

☑ 請再來玩喔！

Kommen sie mal wieder.

叩門 己 麻兒 威打耳.

☑ 謝謝，我會的。

Danke,gerne.

當克,格昂.

☑ 晚安，再見。

Gute Nacht, Wiedersehen.

姑特兒 那河特, 威得己恩.

11 感情、喜好

中文 德文 中文拼音

☑ 我很快樂！

Ich bin sehr glücklich!

衣西 冰 己耳 古路克衣西!

☑ 真了不起！

Toll!

秋兒!

☑ 我深受感動！

Ich bin sehr beweget.

衣西 冰 己耳 北威個特.

☑ 我真不敢想像！

Das kann ich mir nicht vorstellen!

答司看 衣西 米阿 泥西特 佛二司得連!

中文 德文 中文拼音

☑ 我嚇了一跳！

Ich bin erschocken!

衣西 冰 愛而刷跟!

☑ 我很悲傷！

Ich bin sehr traurig.

衣西 冰 己耳 逃為西.

☑ 真有趣！

Interessant!

印特沙恩特!

☑ 真好吃！

Lecker!

淚卡!

中文 德文 中文拼音

☐ 怎麼辦？

Was sollen Wir machen?

娃司 收冷 威阿 麻恨？

☐ 我很激動。

Ich bin sehr aufgeregt!

衣西 冰 己耳 歐佛哥喝給特!

☐ 我很寂寞！

Ich fühle mich einsam!

衣西 飛了 咪西 愛因雜阿母!

☐ 我很害怕！

Ich habe Angst!

衣西 哈伯兒 昂司特!

中文 德文 中文拼音

☐ 我很遺憾！

Sehr schade!

賊耳 沙得!

☐ 我很擔心！

Ich mache mir Sorgen!

衣西 馬喝 米阿 走跟!

☐ 我很喜歡！

Ich mag das!

衣西 馬各 答司!

☐ 我不喜歡！

Ich mag das nicht!

衣西 馬各 答司泥西特!

⑫ 祝賀

中文 德文 中文拼音

☐ **聖誕快樂！**

Fröhliche Weihnachten!

非力西而 外那河疼!

☐ **新年快樂！**

Ein gutes Neues Jahr!

愛因 古特司 若耶司 牙!

☐ **生日快樂！**

Zum Geburtstag viel Glück!

木 給伯此踏克 非兒 古路克!

☐ **這是送你的禮物。**

Das ist für sie.

答司 衣司特 非而 己.

中文 德文 中文拼音

☐ 打開看看。

Öffnen sie es.

惡夫任 己 惡司.

☐ 乾杯！

Prost!

波司特!

☐ 祝我們成功，乾杯！

Auf unseren Erfolg!

奧福 翁此亨 愛兒佛艾克!

☐ 為你乾杯！

Auf sie!

奧福 己!

第三篇

單字
數字跟時間

❶ 數字（一）

中文	德文	中文拼音
1	eins	艾恩此
2	zwei	此外
3	drei	得害
4	vier	非而
5	fünf	份夫
6	sechs	賊克司
7	sieben	西本
8	acht	阿喝特
9	neun	諾恩
10	zehn	淺恩
11	elf	惡路夫

中文	德文	中文拼音
12	zwölf	此窩魯夫
13	dreizehn	得害七恩
14	vierzehn	非而七恩
15	fünfzehn	分夫七恩
16	sechzehn	賊克七恩

❷ 數字（二）

中文	德文	中文拼音
17	siebzehn	己不七恩
20	zwanzig	此萬器序
30	dreißig	得害夕序
40	vierzig	非而七序
50	fünfzig	分夫七序
60	sechzig	賊克七序
70	siebzig	既不七序
80	achtzig	阿喝七序
90	neunzig	若恩七序
100	hundert	分得喝特
1000	tausend	刀刃特

中文	德文	中文拼音
10,000	zehntausend	千刀刃特
錢	Geld	給了得
紙幣	Geldschein	給了得篩
硬幣	Münze	悶此兒
現金	Bargeld	八喝給了得

❸ 日期（一）

中文	德文	中文拼音
今天	heute	孩特
昨天	gestern	給司疼
明天	morgen	某喝根
後天	übermorgen	於伯某喝根
早上	Vormittag	佛密踏哥
中午	Mittag	密踏哥
下午	Nachmittag	那喝密踏哥
傍晚	Abend	阿本特
晚上	Nacht	那喝特
星期日	Sonntag	走恩踏哥
星期一	Montag	某恩踏哥

中文	德文	中文拼音
星期二	Dienstag	底因司踏哥
星期三	Mittwoch	密特窩喝
星期四	Donnerstag	都呢喝司踏哥
星期五	Freitag	夫害踏哥
星期六	Samstag	沙母司踏哥

❹ 日期（二）

中文	德文	中文拼音
週末	Wochenende	窩喝恩得
這個星期	diese Woche	敵這 窩喝
上星期	letzte Woche	淚此特 窩喝
下星期	nächste Woche	內司特 窩喝
這個月	diesen Monat	低枕 莫那特
上個月	letzten Monat	淚此疼 莫那特
下個月	nächsten Monat	內克司疼 莫那特
今年	dieses Jahr	低者司 牙喝
日出	Sonnenaufgang	收能凹夫缸
日落	Sonnenuntergang	走能翁特喝缸
半夜	Mitternacht	密特那喝特

中文	德文	中文拼音
未來	künftig	空夫替序
過去	vergangen	非喝剛更
現在	jetzt	也此特
總是	immer	印麼喝
每天	jeden Tag	也登恩 踏哥

❺ 日期（三）

中文	德文	中文拼音
春天	Frühling	夫另哥
夏天	Sommer	總馬喝
秋天	Herbst	黑兒不司特
冬天	Winter	允特喝
1月	Januar	央窩喝
2月	Februar	非不屋我喝
3月	März	妹兒此
4月	April	阿普西了
5月	Mai	沒
6月	Juni	由你
7月	Juli	由力

中文	德文	中文拼音
8月	August	凹故司特
9月	September	社普天伯
10月	Oktober	歐哥偷伯
11月	November	若分伯
12月	Dezember	地此亨伯

MEMO

第三篇

單字
日常生活篇

❶ 生活上常用動詞

中文	德文	中文拼音
去	gehen	給恩
出發	weggehen	威給恩
回來	zurückkommen	走黑客扣門
販賣	verkaufen	飛喝高分
吃	essen	艾森
居住	wohnen	窩人
給	geben	給本
使用	benutzen	北怒稱
作、做	machen	罵很
說	sagen	扎根
說話	sprechen	司配訓

中文	德文	中文拼音
看	sehen	己恩
閱讀	lesen	淚怎
知道	wissen	威森
學習	lernen	類喝能

❷ 生活上常用形容詞（一）

中文	德文	中文拼音
大	groß	扣司
長	lang	郎哥
高	hoch	后喝
重	schwer	書為喝

中文	德文	中文拼音
多	viel	飛了
遠	weit	外特
早	früh	佛夫戶
快速	schnell	司內了
好	gut	故特
新的	neu	怒
正確	richtig	黑西替序
一樣	gleich	歌來序
忙	beschäftigt	北司學夫替序特
有趣	interessant	印特黑上特
美麗	schön	社恩

中文	德文	中文拼音
甜	süß	住司

❸ 生活上常用形容詞（二）

中文	德文	中文拼音
小	klein	客來呢
短	kurz	扣喝此
低，矮	niedrig	內得黑序
輕	leicht	來序特
一些，少	wenig	為逆序
近	nah	拿喝
遲，晚	spät	司北特

中文	德文	中文拼音
慢	langsam	郎哥沙母
老舊	alt	阿了特
錯誤	falsch	發了序
別的	andere	昂得喝
容易的	einfach	艾恩發喝
溫和	sanft	張昂夫特
好吃	lecker	淚克喝
辣	scharf	下喝

中文	德文	中文拼音
什麼	was	瓦斯
誰	wer	為喝
怎麼	wie(wieso)	為（為走）
哪兒	wo	窩
多少	wieviel	為非了
為什麼	warum	挖後母
從哪兒來	woher	窩黑喝
到哪兒去	wohin	窩西恩
哪個	welche	威了雪

◀ 過耶誕節對於德國人來說，就跟中國人過春節是一樣重要的，傳統的耶誕大餐不外乎吃火雞大餐，但是餐後互贈禮物時的溫馨時刻，才是全家聚餐的重點。

❺ 生活用品（一）

中文	德文	中文拼音
鑰匙	Schlüssel	書路血了
毛毯	Decke	得客
肥皂	Seife	在佛
洗髮精	Shampoo	商撲
洗髮乳	Haarspülung	哈喝蘇普龍割
浴帽	Duschkappe	督書卡普
毛巾	Handtuch	憨兔喝
浴巾	Badetuch	八德兔喝
牙膏	Zahnpasta	參八司踏
牙刷	Zahnbürste	餐部喝司特
衛生紙	Toilettenpapier	拖兒淚疼趴皮喝

中文	德文	中文拼音
打火機	Feuerzeug	佛押宙個
刮鬍刀	Rasiermesser	哈己喝妹色喝
梳子	Kamm	卡門
地毯	Teppich	貼皮序

❻ 日常用品（二）

中文	德文	中文拼音
洗滌劑	Waschmittel	挖序密貼兒了
瓶子	Flasche	夫拉雪
鍋子	Topf	偷普夫
刀子	Messer	妹色喝

旅遊會話篇 生活會話篇 數字跟時間 日常生活篇

中文	德文	中文拼音
叉子	Gabel	嘎北了
湯匙	Löffel	盧佛了
筷子	Eßstäbchen	愛司特撲兄
平底鍋	Bratpfanne	把哈特發呢
砧板	Schneidbrett	司耐了不喝特
盤子	Teller	貼了喝
玻璃杯	Glas	哥拉司
杯子	Tasse	踏社
小茶壺	Teekanne	貼卡呢
菜刀	Kochmesser	口喝妹色喝
飯碗	Reisschale	害司沙了

❼ 房間格局

MP3-70

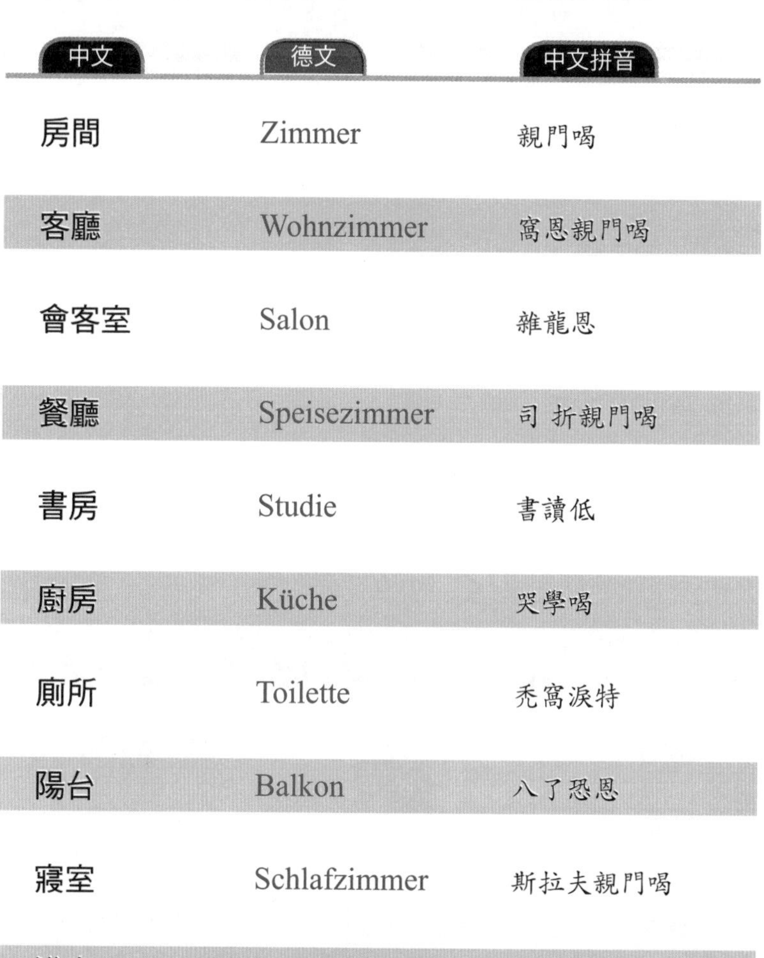

中文	德文	中文拼音
房間	Zimmer	親門喝
客廳	Wohnzimmer	窩恩親門喝
會客室	Salon	雜龍恩
餐廳	Speisezimmer	司 折親門喝
書房	Studie	書讀低
廚房	Küche	哭學喝
廁所	Toilette	禿窩淚特
陽台	Balkon	八了恐恩
寢室	Schlafzimmer	斯拉夫親門喝
浴室	Badezimmer	八德親門喝

中文	德文	中文拼音
衣櫥	Kleiderschrank	克來得喝上克
窗戶	Fenster	分司特喝
大門	Tor	偷喝
工作室	Arbeitszimmer	阿喝 此親門喝
地下室	Keller	凱了喝

8 擺飾、家具

MP3-71

中文	德文	中文拼音
沙發	Sofa	走發
書桌	Schreibtisch	書海撲替序
椅子	Stuhl	蘇兔了

中文	德文	中文拼音
浴缸	Badewanne	八德挖呢
書架	Bücherregal	不學黑嘎了
階梯	Treppe	特黑波兒
桌子	Tisch	替許
床	Bett	貝特
雙人床	französisches Bett	房促記學司 貝特
插座	Steckdose	司貼克都折
水龍頭	Wasserhahn	娃色汗
鏡子	Spiegel	司皮個了
床單	Bettuch	貝特兔喝

中文	德文	中文拼音
睡衣	Schlafanzug	書拉夫安促哥
棉被	Federbett	非得喝貝特
枕頭	Kopfkissen	口不幾生

❾ 家電製品

中文	德文	中文拼音
照相機	Fotoapparat	佛偷阿八哈特
時鐘	Uhr	物喝
手錶	Armbanduhr	阿棒特務喝
收音機	Radio	哈低喔
冰箱	Kühlschrank	庫了序航哥

中文	德文	中文拼音
電話	Telefon	貼了佛恩
冷氣機	Klimaanlage	科哩麻昂藍個
電視	Fernsehapparat	非喝係阿八哈特
熨斗	Eisen	愛任
微波爐	Mikrowellenherd	密口威冷黑而得
烤麵包機	Toaster	偷司特喝
果汁機	Mixer	密科社喝
洗衣機	Waschmaschine	挖序麻訓呢
電扇	Ventilator	萬踢了偷喝
CD播放機	CD Player	西低 撲累牙喝
錄影機	Videorekorder	威爹喔喝口得

⑩ 辦公用品（一）

中文	德文	中文拼音
電腦	Computer	空普幽特喝
筆記型電腦	Notebook Computer	若特不客 空普幽特喝
螢幕	Monitor	某逆偷喝
傳真機	Fax	發克司
電腦病毒	Computer-Virus	空普幽特喝-威戶司
文書處理機	Textverarbeitungsgerät	貼科司特非阿喝敗 通司給黑特
儲存	Schützen	書稱
讀取	lesen	淚怎
磁碟片	Disket	低司凱特
光碟	CD-Rom	西低-後母

中文	德文	中文拼音
軟體	Software	收夫特威喝
畫面	Schirm	司阿母
網際網路	Internet	因特喝內特
網站	Web site	威普 賽特
電子郵件	E-mail	伊-妹了
密碼	Kennwort	凱呢窩喝特

⑪ 辦公用品（二）

中文	德文	中文拼音
鉛筆	Bleistif	不來司替夫
原子筆	Kugelschreiber	哭個了書甩伯喝
筆記本	Heft	黑夫特
橡皮擦	Radiergummi	哈低兒姑米
立可白	Tippex	踢配克司
剪刀	Schere	雖喝
美工刀	Cutter	哭特喝
膠水	Klebstoff	科淚不司偷夫
尺	Lineal	力你阿了
電子計算機	Rechenmaschine	黑生麻序呢

中文	德文	中文拼音
釘書機	Heftmaschine	喝夫特媽序呢
圖釘	Reißzwecke	海司此威可
文書夾	Akte	阿可特
迴紋針	Klammer	克拉門喝
空白紙	Notizblock	若踢此不漏可
影印機	Tintenstrahldrucker	汀疼司踏偷哥喝

國家圖書館出版品預行編目資料

世界最簡單：自助旅行德語/魏立言, Glen Muller
合著. -- 新北市：哈福企業有限公司, 2023.11

面； 公分. -- (德語系列；15)
ISBN 978-626-97850-0-1(平裝)
1.CST: 德語 2.CST: 旅遊 3.CST: 讀本
805.28 112015994

免費下載QR Code音檔
行動學習，即刷即聽

世界最簡單：自助旅行德語
(附QR Code 行動學習音檔)

合著／魏立言，Glen Muller
責任編輯／Vivian Mo
封面設計／李秀英
內文排版／林樂娟
出版者／哈福企業有限公司
地址／新北市淡水區民族路 110 巷 38 弄 7 號
電話／(02) 2808-4587
傳真／(02) 2808-6545
郵政劃撥／31598840
戶名／哈福企業有限公司
出版日期／2023 年 11 月
台幣定價／349 元 (附 QR Code 線上 MP3)
港幣定價／116 元 (附 QR Code 線上 MP3)
封面內文圖 / 取材自 Shutterstock

全球華文國際市場總代理／采舍國際有限公司
地址／新北市中和區中山路 2 段 366 巷 10 號 3 樓
電話／(02) 8245-8786 傳真／(02) 8245-8718
網址／www.silkbook.com 新絲路華文網

香港澳門總經銷／和平圖書有限公司
地址／香港柴灣嘉業街 12 號百樂門大廈 17 樓
電話／(852) 2804-6687
傳真／(852) 2804-6409
email ／ welike8686@Gmail.com
facebook ／ Haa-net 哈福網路商城

電子書格式：PDF

哈福

哈福